KB140431

노노부양
老老扶養

도서출판
작가마을

노노부양 老老 扶養

초판인쇄 | 2019년 4월 15일 **초판발행** | 2019년 4월 20일
지은이 | 하태수 **주간** | 배재경 **펴낸이** | 배재도 **펴낸곳** | 도서출판 작가마을
등록 | 2002년 8월 29일(제 2002-000012호)
주소 | 부산광역시 중구 대청로 141번길 15-1 대륙빌딩 301호
 T. 051)248-4145, 2598 F. 051)248-0723 E. seepoet@hanmail.net

ISBN 979-11-5606-121-2 03810 ₩12,000

※ 이 도서의 국립중앙도서관 출판예정도서목록(CIP)은 서지정보유통지원시스템 홈페이지
  (http://seoji.nl.go.kr)와 국가자료공동목록시스템(http://www.nl.go.kr/kolisnet)에서
  이용하실 수 있습니다. (CIP제어번호 : CIP2019011499)
※ 이 책의 무단전재 및 복제행위는 저작권법에 의거, 처벌의 대상이 됩니다.

노노부양

하태수 수필집

보이지 않는 그리움을 붙잡고

모든 사람에겐 운명이 있는 건지!

아버님은 1922년생(96세)이시며 경북 경주 출신입니다. 2차 대전 당시 일본군으로 징용되어 말레이반도, 싱가포르까지 끌려가 전쟁의 고초를 겪었으며 군 생활(3년) 후 연합군에 포로로 잡혔다가 귀국 하였습니다. 또 1950년 6.25전쟁에 참전하여 육군 중사로 전역하셨습니다. 잔인한 일제의 전쟁과 6.25의 동족 전쟁까지 치루신 한국현대사의 증인이셨습니다.

고향 경주 외동중학교에서 교직생활을 시작하신 아버님은 경주 임실초등학교 교사인 어머님(1928. 91세)을 만나 결혼을 하셨습니다, 어머님은 일본에서 태어나 한국으로 나와 진주 사천에 원적을 두고 당시 공주사범학교를 졸업한 신여성이었습니다,

두 분 슬하에 아들만 넷을 두고 그 당시 국내 어려운 역경 속에서도 자식들을 훌륭하게 잘 키우셨고 막판에 노후대책 없이 이집 저집 떠돌다 저희 큰아들 내외(70대)와 20 여 년을 시골에서 함께 생활하셨습니다.

여러 가지 욕심을 내려놓고 노노 부양하는 70대의 자식으로서 하고 싶은 이야기들을 써놓고 보니 주위에서 잡지에 수필가로도 응모를 해보라기에 '서울문학'에 응모하여 수필가의 타이틀도 얻게 되었습니다. 그래도 부족한 글감에 용기를 내어 계속 부모님을 모시고 생활한 사실적 이야기들을 생활 수필로 써내려 가다보니 이렇게 한 권의 책으로 발간하게 되었습니다.

　100세가 다된 부모님 모시면서 사는 삶의 모습은 부끄러웠지만, 부모님의 꽃상여 나가던 길에서는 저도 모르게 그 무엇을 잃어버린 느낌을 붙잡고 싶었습니다,

　이젠 뵙고 싶어도 보이지 않은 그 그리움들을 풀어 헤쳐 봅니다,

　아울러 이 책을 저, 큰아들(하태수)이 하늘나라에 계실 부모님과 조상님께 두 손 높이 바칩니다,

하태수 수필집

· 차례

노노부양

노노老老
부양扶養

하 태 수 · 수필

제1부

그리운 부모님

며느리에게 한마디 한 죄로
올해는 난방 셔츠 2벌이 안 온다

"어미야! 너 살림 잘못 산다"! 이 한 마디를 나는 며느리 한데 삶의 문제점을 직설直說했다. 그러나 마누라는 쓸데없이 아이들 내외 마음 아프게 한다고 엄청 나의 옆구리와 궁둥이를 그날 아이들 몰래 집중적으로 꼬집었다. 시퍼런 멍 장구가 군데군데 찍혀 있었다.

그리고 난 후 시간이 지날수록 요즘 자꾸 딜레마에 빠진 느낌이다. 손자 손녀도 보고 싶은데 아들이나 며느리나 깜깜한 무소식이라 가슴이 답답해 온다. 때는 작년 겨울 아들과 손자 손녀 며느리가 교통사고를 당하여 얼마 기간 치료를 하고 퇴원하여서는 시골집으로 인사차 왔는데 그만 내가 내뱉은 말이다.

사연인즉 아들은 봉급쟁이 생활로 전세방에 생활하고 있어 생활에 여유가 없는 상태에서 사건 1호가 발생하게 됐다. 아들놈 말을 빌리자면 퇴근 후 가족이 함께 이동하던 중 신호등 앞에서 선후 다음 신호를 기다리는데 뒤에서 꽝! 하였다는 것이다. 며느리는 코가 부러지고 손녀는 놀라서 밤마다 우는 아이로 병원에 다니고 아들은 귀에 약간의 이명 현상으로 멍청한 충청도로 변한 자동차 사건이었습니다.

그리고 몇 달 후 시골집을 방문하였기에 가족 간에 정담을 나눈 뒤에 내가 한마디 해야 할 것 같아 우선 아들놈에게 "야! 이놈아! 조그마한 봉급 300만 원 중에 차 포 떼고 뭐 떼고 이것 떼고 저것 떼고 월부 자동차 100만원 돈 내고 서울 바닥에서 어떻게 사느냐! 아니면 중고차라도 싸서 타고 다니든지 아니면 좀 참았다가 너 형편에 맞게 생활해야지 할부 차, 뭐 하는 놈이냐!

이놈아! 사람이 자기 분수에 맞게 생활해야지. 이놈아, 제정신이 있는 놈이냐! 없는 놈이냐! 꼬락서니 보기 싫다. 얼른 서울 가거라!"고 소리를 질렀다.

이후 한 달이 가고 두 달이 가도 연락이 없다. 서서히 손자 손녀도 보고 싶고 아들도 보고 싶고 며느리도 보고 싶고 난방 셔츠도 입을 것도 없는데 이놈의 자식들 매년마다 봄 남방 4 엑스라지 남방셔츠 2벌이 안 온다.

자존심이 상해 몰래 사 입으려고 경운기 끌고 5일 시골장날에 가 봐도 없고 내 몸에 맞는 치수가 없다. 소문으로 들은 바 서울 이태원에서 흰둥이 검둥이들 입는 옷가게에 120 치수 이상 판다고 하는데, 며늘아기가 단단히 삐쳐서 올해는 안보내주네! 우짜꼬! 겨울이 시나브로 사라지고 어느덧 봄이 우리 곁으로 성큼 다가왔는데 오늘 이놈들한테 전화 한번 해봐?

아니야? 이놈의 자식들 아비가 한마디 했기로서니 안 보내 준다 이거지? 응 알았어. 그럼 올해는 논밭으로 홀딱 벗고 다니지 뭐.

우리 아버님은
저승사자가 술 취해서 안 잡아간다

아버님(95세), 어머님(90세), 며느리(65세), 아들(70세) 네 사람이 저녁 밥상을 물리고 간단한 다과상에 차 한 잔 마시는 시간이다. 건강하게 치매 걸리지 않고 오래오래 살아야 한다는 화젯거리로 하루일과를 마치는 시골 저녁 밥상의 화두話頭에……

아버지(95) 어미야!(며느리)

며느리(65) 네 아버님.

아버님(95) 나는 혹 너희 어머니가 먼저 돌아가셔도 나는 아 어미가 밑반찬을 해놓고 냉장고에 넣어 두면 내가 밥을 하여 혼자 차려서 먹고 할 태니 아무 걱정도 하지 말고 읍내 시내에서 너 볼 일 보고 생활해도 된다. 알았냐!

며느리(65) 네 아버님.

어머니(90) 저놈의 영감쟁이 말을 해도 지 혼자 오랫동안 살라꼬 살아 있는 할망구 옆에 두고 꼭 말을 저렇게 할까? 에이, 더러운 영감쟁이야~~! 벽에 똥칠 할 때 까지 살아라!

아버지(95) 어허, 할멈이 꼭 그렇다 하는 것이 아니고......

아들(70) 아버님. 제가 읍네 사무실에서 들었던 이야기입니다만 할머니는 돌아가시고 아들도 먼저 죽고 며느리도 죽고 어르신 혼자서 102살까지 살아계시는데, 저도 그 어르신을 볼 때 혼자 남아 최장수 어르신이라고 보기는 좀 민망스럽게 보이는데요! 아버님 나이 순서대로 저 세상으로 가는 것이 어떠신지요?

아버지(95) 그게 인력으로 되나 이놈아! 어험......

어머니(90) 저놈의 영감쟁이 40년 넘게 바람피우고 내 속병(화병) 만들어 놓고 아이들 앞에서 머라꼬 시부러 산노! 저 승사자가 술 취했나, 저놈의 영감쟁이는 와 안 잡아 가노! 응!

며느리(65) 아버님. 커피 한 잔 드실래요?

아버지(95) 오냐. 그래 밤중에 속이 더부럭하니 커피 말고 인삼차나 쌍화차 한 잔 줄래! 그리고 아비도 피곤 할테니 일찍 자거라!

아들(70): 네 아버님.

얼마나 지났을까, 아버님 방에 텔레비젼의 볼륨이 높아지면서 방문을 살며시 닫으시다. '기황후'(MBC 월화드라마) 볼 시간이다.

아버지(95) 어이 할멈, 얼렁 빨리 들어와!

어머니(90) 네~에

    어머님은 쥐 죽은 듯이 아무런 소리 소문 없이 아버님 사랑채 방문을 살며시 닫고 소등을 하신다.

울 엄니의 단식투쟁

　얼마 전에 우리집 아버님(95)께옵서 ○○군청에 가신다기에 아버님 말씀을 들어본 결과 돈 하고 관련이 있는 듯하여 좌초지종 아버님의 군청 행보에 초점을 맞추어 오전 한나절 차로 모시고 같이 가야만 했습니다. 내용인즉은 약 70년 전에 일본징용으로 붙들려 가서 2차대전을 일본군인으로 참전, 싱가포르, 말레이시아 등등에서 전쟁을 치루고 살아오신 후에 국가에서 지금도 생존해 계시는 분에 한하여 약간의 금액을 지불한다는 내용이었습니다.

　군청에서 청구하는 양식으로 볼 때 2014년부터 생존자에게 80만원과 그동안 미수금으로 미지급한 금액 60만원을 합하여 140만원을 찾아서 아버님께 드리고 모처럼 아버님께 점심대접을 하려고 하니 아버님 말씀은 오늘 내가 '기마이'(돈이나 물건을 선선히 내놓는 기질) 쓸테니 그리 알고 아 어미하고 아비하고 날 따라 오너라, 하여 은행주위 불고기집으로 들어갔습니다. 아버님께옵서 모처럼 큰소리 한 말씀에 "너거 둘이 먹고 싶은 것 다 사 줄게. 고기 먹어라!" 하시면서 은행 봉투를 집사람한테 봉투 하나, 저한테 봉투 하나를 주셨습니다. 집사람 한태는 거금 10만원 저한테는 50만원이 들어 있었습니다. 봉투를 건네시면서 너희들 생활에 보태 쓰라고 하시며 껄껄 웃으시는 모습에 저는 아버님에게 감동을 받았습니다.

왜냐면 70년 동안 저는 아버님한테 돈 10원도 받아본 역사가 없거던요.(왜냐면 이야기 하자면 아버님 젊었을 때 아버님은 봄에 집을 나가시면 가을에 들어오시고, 가을에 나가시면 봄에 들어오신 생활이셨기에 저는 시골생활 속에서 으레히 대한민국의 아버지가 되면 2중 3중 살림을 하시는 것이 당연한 생활인줄 알았음) 제 생애 처음으로 아버님한테 거금 50만원을 받았던 것입니다. 그러나 저는 이 50만원을 다 받을 수가 없어 아버님께 50만원을 돌려 드렸습니다.

아버님! 아버님! 마음만 받겠습니다. 헌데 아버님께옵서 극구 만류를 하시면서 화까지 내시기에 20만원만 받았습니다.(토탈 : 저 20만원+집사람 10만원) 그날 저녁 아버님께옵서 두둑한 현금 나머지 110만원을 가지시고 집으로 가셨습니다. 그 다음날 아버님께옵서 시내 사무실로 저를 찾아왔습니다. 아버님 웬일로 사무실을 찾아 오셨습니까? 라고 여쭈어보니

아버지(95) 아비야! 너희 엄마가 다 죽어간다.

아들(70) 아니 왜요?

아버지(95) 뭐가 먼지 모르겠고 나는 어제 저녁부터 밥도 못 먹

고 굶었다. 그리고 너거 엄마는 응급실에 눕혀놨으니 니가 그리 알고 병원에 가서 조치를 좀 취해봐라.

(아버님은 완전히 얼굴이 똥색으로 어머님의 위독함에 안절부절 이었습니다.)

저는 직감적으로 '아이쿠야! 이놈의 돈 때문에 울 엄니가 단식투쟁으로 아버님과 한 판 승부를 걸고 붙었구나!' 머리카락이 바짝 서면서 골몰을 했습니다.

인도의 간디는 일생동안 145일 동안 단식투쟁을 벌여 인도의 독립을 쟁취 했고. 이스라엘 민족을 이집트에서 구출한 모세는 80세 고령에도 40일간 단식했으며 석가모니도 해탈의 고행 속에서 주기적으로 단식을 행하였는데 우리 집 엄니는 90세 고령인데 아버님의 거금을 쟁취하기 위해서 얼마동안 단식을 할까 매우 걱정스러운 나날이었습니다.

사실 이 금액을 타기 전에 시골집에서는 어머님(90세)께옵서 나도 그 돈에 대해서 쓸 수 있나! 없나!를 아버님 하고 수차례 커뮤니케이션communication을 사전 조율적으로 말씀을 나누어도 큰 자식으로써 그냥 예사롭게 돈을 타시면 어려니 아버님께옵서 어머님 하고 상의 하시어 사용하시겠지 하고 보통으로 생각을 했습니다. 하루가 가고 이틀이 가고 시내 사무실에 전화가 왔습니다.

아버지(95) 아비냐.
아들(70) 네 아버님.

아버지(95) 내 너거 엄마 하고 못살겠다.

아들(70) 아버님 먼 일이 있으신지요?

아버지(95) 어흠~너거 엄마하고 이혼 할란다.

아들(70) 아버님 좌초지종, 우선 아버님 이혼사유가 무엇인지요?

아버지(95) 아무튼 너거 엄마하고 못산다. 알쩨! 이 할망구가 나를 비웃었제? 봐! 면사무소 가서 이혼절차를 밟아야 되겠다??

아들(70) 아버님 제가 저녁에 집에 가서 아버님 말씀을 듣고 내일 면사무소 가시면 안될까요?

아버지(95) 아무런 대꾸 없이 전화(내동댕이 침)를 끊음.

그 와중에 2시간 후 우리 집사람 한데서 전화가 왔습니다. 내용인즉은 휴대폰으로 우리 어머님께옵서 오늘 저녁에 내가 아무리 봐도 죽을 것 같으니 아 어미가 좀 일찍 집에 와서 아비하고 너거 시아버지 하고 다 모여 있는데서 한마디 하고 죽을 테니 그리 알고 오늘은 집에 일찍오너라! 라고 어머님의 휴대폰 말씀이라니 저는 약간 당황스럽기까지 했습니다. 그 순간 저의 머리에 아~차 그 돈 때문에 영 기분이 찜찜하더니 기어코 사달이 났구나 하고 직감적으로 느낌이 왔습니다. 헌데 해결방안과 대책이 생각나질 않았습니다.(아버님과 어머님 싸우면 누구 편을 들어야 하나요? 일단 사건이 생명을 담보로 한 사건이라 끝까지 가봐야 아는 문제라 누구 편을 들 수가 없습니다.) 사무실에서 노부모님 문제로 건강관리 차원에서 고민하다가 2시간 만에 집에 계시는 아버님한테 우선 아버님 속마음을 우선 알아보고자 전화를 했습니다.

아들(70) 아버님 저~ 혹시 아버님. 요 며칠 전에 군청에서 돈 타신 것(140만원) 어머님 한데 다 드리시면 어떨까요?

아버지(95) 야!~이놈아! 먼 소리냐! 내가 생명을 단보로 일본 징용 가서 목숨 걸고 싸운 댓가를 내가 왜 주냐! 응

아버지(95) 야! 미친놈아! (화가 잔뜩 났음)

그나저나 이혼절차 알아봤냐! 응? 얼릉 집으로 와!

알째!(딸깍: 전화 끓음)

〈울 엄니 단식〉: 3일째 되는 날

저녁에 시골집에 들어가 울 엄니 단식 투쟁하는 방에 들어갔습니다. 헌데 방에 이부자리가 질서정연하게 놓여 있고 깔끔하게 정리 정돈이 되어 있었습니다. 그리고 아버님 방에 들어가보았습니다. 지저분한데 헌데 갑자기 아버님께옵서 저의 귀를 잡아당기시면서 '쉿~쉿' 하시면서 자신도 쑥스러운지 계면쩍은 웃음 귓속말로 소곤소곤합니다.

(밀린 이야기 내용): 다 뺏겨 버렸다는 듯 아버님 낡은 지갑을 조용조용 꺼내 디민다. 장지갑 속에는 그 많은 5만 원 지폐는 온데 간데 1장도 찾아볼 수가 없고 빈 털털이 지갑을 보여 주시면서 "아비야! 조금 일찍 너거 엄마한테 주었으면 반은 건졌을 것"을 하시면서 아쉬운 듯

보일 듯 말 듯 한 아버님 골 페인 얼굴 순박한 미소가 부끄러운 듯 저를 빤히 쳐다보신다. 어머님의 단식투쟁을 그 누가 알았으랴! 어느 분이 찾아와도 하얀 소복을 차려 입으시고 딱 한 번의 모습으로 충분히 기억될 만한 좌중을 압도하는 멋진 동작을 말없이 실천해 보이시면서 차분히 하나하나 승리 하는 표정이었습니다.

그녀(어머님)는 제가 겪었던 전설의 여걸 계보(90세)에서 가장 강력했던 카리스마charisma로 기억되면서 서서히 막을 내리고 있었습니다.(아이고 무서워라!)

아버지 가슴속의 여인

95세 아버님과 70살 아들과의 대화에서 약간의 어려움을 스치듯 소통을 위한 대화로 아버님의 인생사에서 부끄럽지만 한 사연을 뽑아보겠습니다. 저의 애마(자동차)는 20년도 넘은 일명 썩은 똥차입니다(갤로퍼/밴) 승차인원은 딱 2명이며 나머지 짐 외 인원은 탑승 할 수 없습니다. 주로 사용 하는 것은 시골 농사일 관계로 밭고랑 논두렁 자갈 비포장도로나 시골 5일 장날에 사용합니다. 오늘 우연히 아버님(95세)과 동행하게 되어 집으로 가는 도중(대략 집까지 50킬로 속도시 30분 소요) 아버님께옵서 느닷없이

"아비야!"

"네네, 말씀하세요."

"서울에 거시기(아버님 옛날/여인) 뭐냐, 할마시(대략 추정 나이/90살)가 죽었는지 살았는지! 알 수 없을까! 아마 죽었을 거야! 그지?" 하시면서 담배 연기를 푸~후 내뱉으시며 돋보기 안경을 올렸다가 내렸다가 괜스레 넋두리 하십니다. 한 많은 아버님의 사연과

함께 썩은 똥차 안에 담배 연기는 자욱했습니다. 왜냐면 차량 창문을 열 수가 없는 것이 연세가 연로 하시어 아직 찬 공기 흡입 시 감기로 인한 천식 기침이 재발 할까 봐 저로써는 도착까지 공해에 찌달리면서 엄청 신경을 써야만 했습니다.

이렇게 중얼중얼하시면서 맏아들의 눈치를 힐끔 보시며 툭툭 던지시기에 처음 출발할 때는 조금 당황했지만 시간이 지날수록 저는 초등학교 4학년~6학년(11살~13살) 시절과 고등학교(1학년~3학년) 시절로 타임머신을 타고 돌아가야만 했습니다.(계산상으로 50년 전~55년 전) 그 당시 저의 뇌리에 딱 꽂혀 있는 것은 아버님 한데 구체적이고 정확하진 않지만 집에서 구타를 당하지 않으려면 가출을 해야만 했습니다. 왜 그렇게 맏아들을 미워했는지 지금 생각하면 그저 웃음만 나옵니다.

잠시 아버님 이야기는 요정도로 접고 우리 어머님(90세)은 나이로 따져보면 어머님 인생은 저 나이와 똑같은 두 분 해로 하신 지가 70년 되죠. 그 당시 우리 세대에 어느 집이나 아버님께옵서는 작은 마누라 한두 분 거닐면서 살아가셨겠죠. 헌데 저의 어머님은 일본에서 자라 한국에 건너와 살다가 일본으로 돌아가질 못한 분으로 보시면 됩니다. 아버님의 외도外道로 인한 한 가정의 경제적인 타격과 그 당시 국가 경제력도 매우 가난한 나라의 실정 속에서 우리 아버님은 어머님 몰래 바람을 지속적으로(약 40년 정도) 피웠으니 가정관리 부재로 인한 물질적, 정신적 피해로 가족 간의 신뢰성은 무너져 가고 있었습니다.

그것도 수십 년 동안 숨겨놓고 아버님은 인생을 즐기며 생활

했습니다. 그럼 맏아들은 그것을 어떻게 아느냐고 물으신다면 어머님께옵서 늘 쪽지를 맏아들 노트(공책) 1장을 찢어서 어머님의 사연을 담아 아버님 사무실에 심부름을 보냅니다. 그럴 때 저는 늘 어머님의 애정 어린 사연을 훔쳐보았습니다.(대략 3년) 오늘은 무슨 말씀이 들어있을까? 지금 기억 하는 내용은 "여보 오늘도 집에 안 들어오시나요? 큰애 편에 쌀도 떨어지고 땔감도 없으니.." 등등 "여보, 보고 싶어요!" 등 배고픔과 그리움 하나 흥건히 젖어 있는 사연들이 이렇게 주로 쓰여져 있었습니다.

그리고 심부름 그 당시 전차(국민학생/할인)비 2원 50전도 저는 아끼기 위해 40리 길을 뛰며 걷기를 반복하면서 아버님 사무실에 도착하면 때론 어떤 여인과 무엇이 재미있는지 그 여인과 깔깔 웃으며 저를 비웃듯 나가버리고 아버님의 고함 소리가 저의 귓전에 메아리 되어 뛰쳐나왔습니다. 즉 이렇게 연속적으로 3년 동안 보고 느끼며 배우면서 유년기를 보내고 청소년 시절로 넘어 와서 까지 그 여인(할머니/대략 90살)을 자주 뵙다 보니 저도 자연스럽게 인사를 드리면서 지내왔기에 세세한 집안 환경 등은 지금까지 어머님께 비밀로 하면서 생활했습니다. 그 당시 어린 시근머리로 어머님 아시게 되면 얼마나 속앓이를 할까! 생각하면서 달동네 담장 너머 하늘보고 달보고 별보고 입 꼭 다물고 많이도 훌쩍거리며 붉어지는 눈시울로 목메인 빵을 끼니로 성장했습니다.

그 당시 어머님의 가슴속에는 늘 큰 돌멩이가 들어 있는 듯 가슴을 움켜쥐고 아파했습니다. 남편의 바람기를 알면서도 모르는 척 묵인해주시고 그냥 넘어가시다가 지금 즉 화병(협심증)이 생겼습니다. 제가 지금 두 분을 모시고 살아가지만 가끔 아버님을 미워 할 때가 있습니다. 조금만 아버님께옵서 어머님을 생각했다면 지병 하나는 치료를 안 해도 되지 않았을까 생각하면서 다시 아버님 이야기로 하렵니다. 지금 아버님은 과거를 반성하지 않는 것 같습니다. 오로지 얼마 남지 않은 '삶' 속에 가끔 가슴속에 있는 여인을 한번 만나고 생生을 마감하고 싶으신가 봅니다.

만약 지금 어머님께옵서 이 사실을 알았다면 아마 졸도하시던지 가슴을 쥐어뜯는 아픔을 난리 북새통이 일어날 것 같습니다만 현재 저는 어머님께는 자식 된 도리는 아니지만 아버님께옵서 돌아가시기 전에 그 여인(할머니/대략 90세)이 살아 있는지! 죽었는지! 살아 계신다면 따뜻한 온천물 나오는 모델 혹은 호텔에 랑데부Rendezvous 상봉식을 시켜 드리고 싶지만 아버님을 따르자니 어머님께서 울고, 어머님을 따르자니 아버님께서 울고, 거짓행동을 하려니 불효를 하는 것 같고, 이 일을 어찌할꼬! 우리 '삶 이야기 방' 동료 선후배님께 오늘의 〈아버지 가슴속의 여인〉 화두話頭를 던져 봅니다.

저당 잡힌 거시기

때는 가을 추수가 시작되어 밭에 고추를 따 내다 팔던지 아니면 고추를 비닐하우스 내에 깨끗이 씻어 태양초를 만들든지 시골생활은 늘 바빠서 허리를 펼 시간도 없을 때쯤 나는 읍내 농협에서 고추수매 관련 볼일도 보고 5일 장날이라 생선도 사고, 그러다 커브길 주유소 옆에서 아버님(95세)을 만났다.

아들(70) 아버님 언제 장날 나오셨어요?

아버지(95) 응 오냐. 잘 만났다. 이리로 오너라.

아들(70) 어디로 가셔요?

읍내 만물상회(철물점) 앞에 다가가서 아들 손목을 잡고 저쪽에 있는 네발 달린 손수레를 가리키면서

아버지(95) 저것을 너 짚차에 좀 싫어라.

갑작스러운 구매요구에 지갑 속에 돈이 있는지 없는지 대충 생각해보니 아뿔사 돈이 잔돈 몇 푼뿐이다.

아들(70) 아버님 다음 장날에 사시죠?

아버지(95) 왜 지갑에 돈을 안 가지고 왔느냐!

그러시더니 철물점 주인장을 불러

아버지(95) 이놈이 내 아들인데, 이놈 '불알' 잡히고 저 손수레 주
시면 안 되겠소!

이렇게 아버님께서 말씀을 하시니 철물점 주인장(50대)은 네네
어르신 그렇게 하시죠! 라고 답한다. 읍내 자주 왕래하는 터라
내뿐만 아니라 그 만물상회(철물점) 주인장은 익히 저의 아버님(95
세)과 아들(70세)의 관계를 어렴풋이 알고 있는듯했다. 이렇게 하
여 저는 아버님의 부르심에 나의 거시기(불알 2개)는 5일 장날 만
물상회에 저당 잡히고 말았습니다. 그렇게 저당 잡힌 불알로 싼
4발 달린 손수레를 짚차에 싣고 아버님을 모시고 집으로 왔습니
다.

집에 있는 3발 달린 손수레와 방금 사가지고 온 4발 달린 손
수레를 아버님께옵서 비교해 보시고 4발 달린 손수레로 고추를
따서 아무렇게나 실어도 한쪽으로 치우쳐 넘어지지 않으니 좋아
하십니다. 기뻐하시는 모습은 밭고랑과 고랑 사이에 앉아 심심
초 한 대 피우시는 가을햇살의 속삭임이 퇴색된 노목(아버지)의 등
걸에서 또 다른 생기를 불어 넣는 활력소로 자리매김 되어 잊을
수 없는 추억 하나가 되었습니다.

헌데 그날 저녁에 아버님 어머님 주무시는 시간에 대청마루에
불빛이 사라질 때쯤 나도 마누라 앞에서 오늘 하루를 마감하고
바느질하는 마누라 손을 슬며시 당기는 순간 마누라가 '탁!' 손

목을 뿌리치는 것이 아닌가!

"여보 왜그랴?" 순간 마누라 하는 말이 "당신은 참 웃기는 양반이요? 왜냐 거시기가 만물상에 저당 잡혔으니 내 것이 아니잖소! 아버님 한데 건너가서 저당 잡힌 것, 돈 주고 찾아오던지 아니면 지금 당장 나가슈!"

낄낄 거리는 마누라 왈 "남자가 뭐 저당 잡힐 것이 없어 그 귀한 것을... 그리고 흔들어 달고 다닌다고 당신 게 아니요! 마누라 한데 물어보지도 않고... 응 별것을 다 저당 잡히고 살아가시오! 동네 부끄러버서 살겠나! 응! 왜 그러시오? 부전자전父傳子傳이요?"

이날은 밤새도록 환하게 불을 밝힌 체 할마이 궁둥이 방향에 바느질 하는 모습만 소쩍새 울음과 함께 님 그리워 굶어 가면서 하머나 이불속에 들어오나 안 오나! 암튼 난 오늘 힘없이 한마디도 변명도 못하고 "삶이 한 잔의 술" 이라 했던가, 한두 잔 홀짝 거리다가 졸린 눈을 꺼벙이며 집에서도 저당 잡힌 채 술 먹고 뒤집어 잤습니다.

아버님께옵서
개나리 보따리 달랑 매고 대문을 나선다

오늘 아버님(95세) 하고 비닐하우스 차광막 작업 관계로 대화 도중에 부자지간에 의견 충돌이 생겼습니다. 집안 마당 앞에 설치된 하우스가 규격은 가로 6미터, 길이 25미터로 2개 동이 있는데 한 동에 우선 검정 차광막을 덮어씌우기 위해(땅 표면)에서 높이 5미터에 나일론 끈을 묶어 우선 사닥다리를 이용하여 제가 5미터 위에 올라가서는 "아버님께는 검정 차광막 모서리 양쪽 부분 중에 우선 한쪽만 올려주세요." 라고 말씀을 드리는 순간

아버지(95) 아비야! 니가 묶어 둔 것 말고 내가 묶어두었던 것으로 올라가서 내려오라!

하시기에 제가 5미터 위에서 후들거리는 다리가 불안하여

아들(70) 아버님. 묶었던 줄이나 제가 묶었던 줄이나 똑같습니다. 아버님 아무것이나 빨리 올려주세요.

라고 하우스 상단 사닥다리 위에서 말을 전하는 순간

아버지(95) 이놈아! 아비 말을 알기를 우습게 여기냐! 이놈아, 잘
    묵고 잘 살아라!

하시며 잡았던 줄을 내동댕이치면서 그냥 방으로 가버리십니
다. 이 걸 보고 계시던 어머님께서

어머니(90) 영감, 큰아이가 묶어둔 줄이나 영감이 묶어둔 줄이나
    올려놓으면 똑같은데 왜 그리 아들 보고 죽일 놈, 이
    놈, 저놈, 하시면서 성질을 내시요!

여기까지 집 마당 비닐하우스 차광막 작업장에서 아버님 하고
토닥거린 부자지간의 첫 번째 사건이었습니다. 한데 저녁 무렵
쯤 갑자기 아버님께서 대청마루에 노을이 비칠 때 쯤 나까오리
모자에 오래된 양복을 입고 검은색 가방 하나를 들고 밥상 앞에
서 어머님 보고는

아버지(95) 어이, 할망구. 날 따라와. 이놈이, 아~자식이……

하시면서 대문 밖으로 나가시려고 하십니다. 순간 저는 앞이
캄캄하고 어떻게 이 상황을 수습해야 할지 몰라 무조건 아버님
다리를 붙잡았습니다. 그렇게 아버님 다리를 붙잡고는

아들(70) 아버님. 제가 잘못 했습니다. 용서하십시오. 네, 아버
    님! 아버님!

을 부르며 이수일과 심순애 역할과 같은 자세가 갖추어진 순
간, 아버님께서 오른쪽 발로 2단 옆차기와 내려찍기 공격이 들
어오면서 하시는 분노의 말씀이

아버지(95) 놔라, 이놈아! 니가 나이가 곰 백 살 먹어도 내 눈에는 애야! 내 새끼야! 아라! 몰라!

그렇게 걷어차이고 밟히고 나니 순간 저는 정당방어 자세를 취할 겨를도 없이 한두 방 맞고 나뒹굴었습니다. 사실 과거 학창 시절에 공인 유도柔道 3단이지만 아버님한테 당할 재간이 없어 유도의 간결한 형태로 만들어진 것도 체계화한 것이 메치기와 굳히기도 소용없고 다리를 잡는다고 무조건 반칙패는 아니지만 정석 공격을 하는 연결 동작의 하나로 순간적인 다리잡기는 인정하는 행위인데 아무런 대비책의 정법도 방어도 소용없는 것이 아버님의 '마구잡이식 구타' 공격법 누르기, 조르기, 꺾기 등 이종격투기에서 말하는 아버님의 홈그라운드 기술을 보여주었습니다. 그 장면을 저의 처가 제 상황을 살피며

며느리(65) 범식이 아빠, 괜찮아요?

라고 다급하게 물으니 그 소리에 아버님께서 주춤하셨습니다. 이렇게 1막 1장과 2막 1장이 끝이 나고 저는 아버님 개나리 보따리를 빼앗다시피 안전 제일주의로 가방을 가지고 방으로 들어왔습니다. 그리고는 두 무릎을 무조건 꿇고 아버님께 죄도 없지만 빌었습니다. 이때 시간이 저녁 먹기 전이므로 아버님, 어머님, 처, 저 4명은 밥상머리에 앉는 순간이므로 제차 밥을 먹어야 하는데 집안에 최고 보스가 밥상에 좌정을 안 하시면 밥을 먹을 수가 없습니다. 이때 어머님께서 한 말씀 하십니다.

어머니(90) 아니, 영감 보세요! 큰아이가 지도 늙어, 아 나이가 벌써 70인데 며느리 앞에서 이놈! 저놈! 하면서 체신

머리 없는 행동을 하시요! 이~잉. 아~휴~ 정신이 있나 없나! 이 영감이 응응......

아버지(95) 머라꼬? 이 할망구가! 어디 함부로 씨부러쌌노. 콱 쥐박아불라!

하시면서 인제는 어머님하고 3막 1장이 시작되고 있었습니다. 아~ 이 싸움이 끝이 나야 밥을 먹을 수가 있는데 끝날 기미가 안 보일쯤 어머님께서 비장의 엘로카드 아버님의 바람기(바람피운 경력 30년 넘음)을 비겁하게 꺼내들었습니다.

어머니(90) 영감 보시오! 수십 년 바람피우고도 모자라 이젠 내 새끼들까지 때리고 그러요, 며느리 앞에서리. 응.

울먹이면서 눈물로 악을 쓰시는 어머님의 쓸쓸한 그 외침 메아리가 식탁 위를 맴돌 때쯤 아버님께서 얼굴이 붉어지며 기가 팍 죽어 한 말씀 하십니다.

아버지(95) 어이 할망구. 와 그라노! 좀 참아라! 미안해! 어~허이. 그만하라 카이까네.

아주 순한 양같이 고개 숙인 아버지는 어머님한데 꼼짝을 못 했습니다. 아버님한테 한방 차인 그곳(옆구리)에서 약간 미지근한 통증이 있었지만 그래도 실실 웃음이 나왔습니다. 아하 역시 남자는 과거에 나쁜 짓을 많이 하면 늙어서 여자 한데 꼼짝달싹 못 하는구나를 직접 보고 그 와중에도 나의 잘못은 없구나 하면서 안도의 한숨도 쉬었습니다. 결국 좀 상대방 약점(비겁하지만)을 쥔 어머님의 칼날 같은 일격에 KO패. 아버님께서 불쌍하게 보였습니다.

3막 2장: 그래도 썩어도 준치인지 부리부리한 쭈글거리는 눈매 아버님의 호기는 살아있는 호랑이 즉 이빨 빠진 호랑이지만 맹호의 습생 관리와 마지막 자존심 하나는 끝내 주시고 아버님(95세) 건강하다는 것과 카리스마를 알 수 있었습니다. 그리고 제가 꼭 이 성질만은 돌아가실 때까지 지켜드리고 싶었습니다.

얼마나 지났을까! 집사람이 내온 과일과 오차로, 마누라 뚱땡이 애교로 "아버님, 이것 드시고 마음 푸세요. 저희가 잘못했습니다."라고 할 때 저는 늘 정신지체장애자 모양 아버님께 애교로 떨면서 헤죽헤죽 웃으며 다가갑니다.

아들(70) 아버님! 개나리 보따리 한번 열어보니 아버님 빤쓰 1장, 넌닝구 1장밖에 없는데 어머님 보고 같이 나가자 하시면 무엇으로 생활하려고 나가자 라고 하셨습니까?
라고 말을 전하니 침묵일관 아무런 말씀이 없으시고 아버님 사랑방으로 들어가서 문을 살며시 닫으시면서 저를 보고는
아버님(95) 너 옆구리 안 다쳤느냐?

울 엄마 젖가슴 만지려다가

나이 70세. 돗자리 깔아놓은 나이에 저는 가끔 이런 분위기에 접할 때가 있습니다. 조금 멋적은 분위기에 아직까지 어머님 한데서 이런 말씀을 들을 때가 째끔 부끄럽기도 합니다만 우연찮게 한 번씩 불쑥 어머님께 하신 말씀에 어쩔 수 없이 어린아이가 됩니다. 장소는 주로 집 안 내부 대청마루나 문간방, 툇마루, 마당 등등에서 아버님 어머님 친척들 동네 마을 어르신들께서 계시는 자리입니다. 우리 집 어머님(90세)은 간혹 집안 내부에 아버님이랑 친척들 아니면 가까운 이웃들 계실 때면 저를 가리키면서

〈등장인물: 어머니 말씀〉

어머니(90세) 야~가(큰아들 70살) 어릴 적에 내 젖을 5살까지 빨아
먹어 얼마나 징그러웠는지 모른다. 빨아먹지 말라
고 아까징기(머큐롬)를 젖꼭지에 발라놓아도 싹싹 닦

아버리고 먹더라고. 그리고 그때는 자(아들)를 놓고
보니 자 고추가 자라(남생이) 고추가 돼가지고 고추라
기보다 거시기 머냐! 보리밥 떡 거리 있제! 한 알 모
양같이 작아서 엄청 걱정을 했는데 그래도 저놈(70)
이 장가가서 이만큼 커서 며느리하고 거시기 해서
리 손자(43) 손녀(41) 아이들을 만들고 하는 것 보면
신기해~그자!

(나이가 곰 백 살을 먹어도 부모님 앞에선 영원한 어린 아이
로.. 어머님의 말씀)

(그러시면 동네 주위 분들께서는 이 자리 저 자리에서... 허허
허허허... ㅋㅋㅋㅋ)

아들(70세) 저 어머님 말씀은 아마 한 번만 더 들으면 100번 정
도 듣는다. 고만하소!

(엄마는 아무런 대꾸도 없고 주위에 미소만…. 분위기가 한참
무르익어 아주 오래 전의 과거로 타임머신 타고 돌아갈 쯤)

아들(70세) 흐흐흐 엄마, 그럼 나 딱 한 번만 찌찌 만져보면 안되
겠나?

어머니(90세) 야~ 보래, 희한하게 얄궂은 소리 다 들어보네. 니
는 너희 각시 것 안인나! 없으면 몰라도 희한한
놈 별꼴 다보겠네! 차라!(가라고 하는 말씀)

(그 말을 하는 순간 저는 어머니의 등 뒤에서 몰래 사알짝 울
어머니의 젖을 만져보려고 울 엄마 구멍 난 런닝셔츠 속에 축 쳐

진 말라비틀어진 까만 빈대 젖, 저 때문에 울 엄니 시골 어려운 태양빛 삶속에 축 처진 찌찌가 쪼구랑 망태기 된 울 어머님의 젖 (노브라자) 위치를 보게 됩니다.)

　그 순간 앗! 호랑이(아버지)한데 들켜 버렸습니다.

아버지(95세) 야!~ 이놈아 그것은 내 거야! 저 놈이 구분을 못하
　　　　　　네 그려~~껄껄껄.

　저는 순간적으로 들켜버린 것도 부끄럽고 무안스러워서 잠시 홍당무가 되어 쩔쩔매면서 마음속으로 누가 지꺼 아니라고 했나? 슬그머니 어머니 등 뒤를 물러나 숨어 버립니다. 그러자 어머님이 아버님과 아들을 번갈아 쳐다보시고 내뱉는 딱 한 마디

어머니(90세) 인제, 너를 보니 징그럽다!

　(웃으시면서 임자 있는 자리로....아버님 한데로 가버림)

　아들(70세): 저는 어머님 말씀에 눈물 나도록 서럽습니다.

고드름 고을에 투박한 사랑

엊그제 사랑방에서 울 엄니, 울 아부지 또 싸움이 났습니다.

토닥토닥, 말씀소리 이상타 하다가도 언제나 가끔씩 황혼의 여정에 울 아부지 성질이 급하다보니 늘~ 울 엄니에게 패배자로 낙인찍히신 울 아부지! 오늘 따라 자식 몰래 싸우시느라 힘겨워 보였습니다.

제일 먼저 대청마루에 나오셔서 심심초 한 모금 쯧~우욱~쯧~우욱 들이 마시고 난 뒤

아버지(95) 야~아~야 큰 아~ 있나?

외마디 부르심에 황급히 뛰쳐나갔습니다.

아들(70) 아부지, 와카닝교?

아버지(95) 내사 니 엄니하고 못살겠다.

그러자 옆의 어머니도 한 마디 내뱉습니다.

어머니(90) 나도 인자 한평생 살아 주었으니 너 거 아비 하고 더는 못살겠다. (아주 억양이 높음)

아버지(95) 그라면 우짤낀대~! 웅?

어머니(90) 도로(처녀 때) 새것으로 물러주던지 아니면 도장 찍자!

아버지(95) 애라~ ~이 할망구야~시방 머라캔노! 말이라 카면 다 말 인줄 아나! 아~ 아들 앞에 서리 쯧쯧.

아들(70) 아부지 예, 와 그라 십니껴? 엄니 또 와 그라노? 엄마가~좀 참아라! 으~잉 알제! 온 동네가 창피 시럽구만은!(중얼~중얼)

얼마 뒤 시간이 지나고 나서

아들(70) 종이 한 장 없나?

뒷간(시골변소)에서 시멘트 포대종이 찢어서 1장 들고 와서는 연필 1자루 쥐고 침을 묻혀서 글쓰기를 시작했습니다.

[이혼장]

제목 : 맨날 맨날 저녁따배 싸움하는 울 아부지 울 엄니

[이혼 사유]

울 엄니 먼저 잠자면서 코 드르렁 드르렁 곤다꼬, 울 아부지가 엄니의 베개 뭉치를 발로 약간 밀었음, 그라고는 말싸움 한 뒤 이혼을 요구함에 합의함.

20xx년. 1월. 0일.

신랑 : 하 갈비 (인)
신부 : 천 뚱보 (인)
증인: 큰아들 : 하 태수 (인)

아들(70) 이제 다 작성됐심니더, 그라면 아부지요! 아부지가 먼저 손 도장을 찍을랑교? 아니면 엄니가 먼저 찍을랑교?

아버지(95) 애라~이놈아! 이놈아가 돌았나? 똘아이가! 돌대가리 같은 놈. 이런 쪼다 같은 놈 보았나! 키만 뻘쯤해 갔고, 생긴 꼬라지가 지 어미 닮아가지고... 멍청한 놈. 보면 몰라서 도장을 찍어라꼬! 쇠대가리 같은 놈.

울 아부지 솥뚜껑 만큼 크고 억센 손으로 큰자식 머리를 탁탁 밀쳐 밀어버리시고는 사랑방으로... 중얼중얼... 얼마나 시간이 지났을까.

캄캄하고 쥐 죽은 듯이
고요한 밤 거룩한 밤
대청마루에 불빛은 보이지 않았습니다.

야! 이놈아! 치매가 왔냐! 등신 꼴갑 떠네

어제저녁 때 나는 밤늦도록 일을 하고 피곤하여 TV를 보다가 깜빡 잠이 들었습니다. 그리고 밤 11시경에 또 일어났습니다. 머리가 근질근질하여 세면장에 가 뜨거운 물(연탄보일러)을 틀어놓고 머리를 감고 방으로 들어 와 컴퓨터 앞에 앉아 가입된 정보 검색 및 음악 등등 카페 '삶의 방' 여기저기 돌아보고 또 잠이 들었다.

다음 날 아침에 아버님께옵서

아버지(95) 아비야! 자나? 이리 좀 나와 봐라!

후다닥 옷을 주워 입고 거실에 나가보니 아버님께옵서

아버지(95) 너 어제 세면장에 머리 감고 물 쓰고 나서 수도꼭지를 잠구었느냐? 안 잠구었느냐?

앗뿔사! 밤새도록 연탄보일러에서 냉수로 나와 온 세면장 전체가 꽐꽐 쏟아져 나왔으니 아버님 방과 어머님 방이 냉 구들방으로 변하여 요즘 한파 추위에 추워서 아버님께옵서 화가 치밀

으신 게다.

아버지(95) 야! 이놈아! 치매가 왔느냐! 젊은 놈이 벌써부터 머리가 그렇게 희미해 가지고 어떻게 생활하나, 나는 아직 한 번도 이런 일이 없었다.

나는 아무런 대꾸도 못하고 뻘쭘이 두 손 모으고 서 있기만 했습니다.

아버지(95) 이놈아! 정신이 있는 거야!

그때 어머님께옵서는 아들 편을 들어주십니다.

어머님(90) 큰애한데 너무 그러지 마셔요! 그럴 수도 있지요. 뭘 이걸 가지고 아를 혼쭐을 내슈! 그만 참으시구려! 저도 조금 추웠지만 이불 하나 더 덮고 잘 잤슈!

아침 밥상 앞에 수저를 들고 밥을 먹으려니 아버님 어머님 얼굴을 볼 수가 없어 벌떡 일어나서 귀여움과 용서를 받으려고 정신지체 장애인처럼 식당 벽을 보고는 아량을 떨었습니다.

"안녕하십니까! 하씨 문중 문효공 사직공파 31대손 종자 호자 쓰는 하태수(70), 치매기가 발동하여 선조 조상님께 신고합니다."

벽을 마주하고 꾸뻑 절을 2번하고 웃음 띤 모습을 부모님께 저의 동내의冬內衣 모습으로 재롱을 떠니 아버님께옵서

아버지(95) 등신 꼴갑 떠네! 껄껄껄...다음부터 조심하고, 아가와 그래?~ 그러지 마라. 알째? 그만 밥묵자.

하이구, 이제 풀렸구나 싶어 두 무릎을 끓고 조신하게 머리를 조아리는 순간

아버지(90) 야 이놈! 너 동내의冬內衣 거시기 고추구멍 단추 좀 잠가라!

아들(70) 네, 아버님.

저는 그렇게 90세 아버님 기분을 풀어드리려고 70의 나이를 망각한 채 두 번이나 아버지께 꼴깝을 떨었습니다.

우리집 아버지와 누렁이의 삶

야! 이놈아! 저 누렁이 얼른 뒷집 이장 댁에 갖다 주고 오너라!

아이고 아버님(95세) 저 누렁이는 아버님께옵서 10년 동안 강아지 때부터 키워온 개입니다. 갑자기 왜 갖다 주라고 하십니까.

네놈이 뭘 알고 하는 소리냐! 아니면 이 아비한테 달려드는 것이냐?

저는 갑자기 할 말을 잊어버리고 멍하니 누렁이 집 주위를 쳐다보니 우리 집 누렁이는 아는지 모르는지 꼬리만 살랑살랑 흔들고 있습니다.

이놈아! 개가 너무 오래 살아서 이빨이 빠지고 눈도 잘못보고 비실비실하면 내가 나중에 땅에 묻어주어야 하는데 내가 그 꼬락서니를 보기 싫어서 하는 소리야! 나도 이빨이 빠지고 눈도 침침하고 귀도 잘 안 들어 살아가는 게 힘이 드는데.... 얼른 시장에 가서 강아지 한 마리 구해놓고 누렁이는 얼른 이장댁에 갖다 주거라!

아버님 갔다 주면 쟈를 잡아 먹는 디오!

야! 이놈아! 잡아먹든지 말든지 얼른 실천해! 알째!

잠시 방안에 계시던 어머님(90세)께옵서

여보, 영감. 새 강아지가 어느 정도 크고 겨울 한 철 보내고 나서… 강아지가 좀 크면 교체를 하세요.

이렇게 말씀하신다. 이렇게 하여 우리 집에서는 약 5개월 정도 누렁이를 떠나보내지 않고 한철 겨울을 보냈습니다. 헌데 드디어 오늘 아침부터 아버님께옵서 저를 부르시고는 누렁이를 이장댁 불러 타이탄 차로 태워 보내려고 하니 이 누렁이가 안 가려고 몸부림을 치며 짖어댑니다.

떠나는 차 뒷모습에 물끄러미 쳐다보는 누렁이는 아는 듯 모르는 듯 흔들리는 차 위에서 뛰어내리려고 하는 모습만 보이고 차는 결국 우리 집을 떠나고 말았습니다. 나이 많은 아버님(95세)의 말씀을 어기지 않고 살아가는 아들(70세)로서 오늘은 영 마음이 편하지 않은 하루였습니다.

하루 이틀 사흘 지나고 시내 사무실에서 한참 일을 하고 있는데 시골집에서 전화 한 통이 왔습니다, 어머님께옵서

아! 아비가! 다른 게 아니고 작은 강아지 있제, 어제 죽었다! 얼른 이장댁에 연락해서 누렁이 안 잡아먹었으면 빨리 데리고 와서 개집에 묶어주면 좋겠다. 어머님 말씀 듣고 저는 한참 고민하기 시작했습니다.

우선 강아지가 왜 죽었을까? 전에 있던 누렁이 집에 무슨 문제가 있는 걸까? 아니면 3일 만에 5개월 된 강아지까지 죽다니,

도대체 무엇 때문에 죽었을까? 오만 생각이 떠올라 사무실에서 일을 할 수 없었습니다. 해서 시골집으로 가 보았습니다.

이미 아버님께옵선 죽은 강아지를 산에 묻어두고 왔다면서 말씀만 하고 계시고 사랑방으로 들어가시는 모습이 많이 상념에 잠기 신듯 했습니다. 이때 어머님께옵서 아비야! 귀 좀 빌리자 하시면서, 저놈의 영감쟁이가 밤중에 누워 자다가 강아지가 밤새도록 낑낑대니깐 쇄 꼬챙이로 시끄럽다고 쑤시고 찌르고 때리고 해서 강아지가 스트레스를 많이 받아 죽었으니 아비는 그리 알고 있어라! 저놈의 영감쟁이가 치매가 왔는지 좀 이상해, 라고 말씀 하십니다. 방으로 들어가서 저는 아무렇지도 않은 듯 약간의 미소를 띄면서 아버님 내일 장날에 또 강이지 한 마리 사다 드리겠습니다. 라고 말씀드리는 순간 아버님(95세) 눈가에 눈물이 그렁그렁 맺히면서 강아지와 누렁이가 내 때문에 죽었다곤 하시고는 담배 연기만 사랑채에 가득하고 아들 눈을 못 마주칩니다.

각자 생명체의 입장에서 생각해보면 사람 말귀 알아듣고 눈치껏 행동하는데 누렁이와 강아지가 그 삶의 주인공이었습니다. 미물이라고 해서 아무렇지도 않은 듯 취급해 버리는 아버님(95세)의 행동에 미리 막지 못하고 이후 수습 과정 또한 무능했다는 것을 저의 판단에서 빚어진 현실 속에서 오늘 오른손을 들고 '메멘토 모리! 메멘토 모리!' 외침Memento mori을 자신의 '죽음을 기억하라!' 또는 '너도 반드시 죽는다는 것을 기억하라!' 흉내를 내면서, 네가 죽을 것을 기억하라를 뜻하는 책속에 라틴어 단어를 생각

게 됩니다,

　오늘 영물인 개(犬) 한데 사랑과 충성심 그리고 신뢰, 겸손을 배워야 하는 듯 오늘따라 노을이 질 무렵 어린 강아지와 누렁이의 배고픈 메아리가 들려와 이렇게 가슴앓이를 하면서 아~아~ 그놈이 나의 발걸음 소리만 들어도 주인 아들임을 알고 반기는 모습이 아른 거려 잠시 주저리주저리 삶의 방에 마음 서리고 아프게 써내려 갑니다.

[添言]:
〈메멘토 모리(Memento mori)〉: 는 자신의 "죽음을 기억하라" 또는 "너는 반드시 죽는다는 것을 기억하라", "네가 죽을 것을 기억하라."를 뜻하는 라틴어 낱말이다. 옛날 로마에서는 원정에서 승리를 거두고 개선하는 장군이 시가행진을 할 때 노예를 시켜 행렬 뒤에서 큰소리로 외치게 했다고 한다. "메멘토 모리! 메멘토 모리!" [Memento Mori] 라틴어로 "죽음을 기억하라"라는 뜻인데, 전쟁에서 승리했다고 너무 우쭐대지 말라. 오늘은 개선장군이지만, 너도 언젠가는 죽는다. 그러니 겸손하게 행동하라. 이런 의미에서 생겨난 풍습 이라고 한다.

꾸러기는 스텐트stent 때문에

95살 잡수신 아버님, 90살 잡수신 어머님과 함께 살아가는 아들(70)은 세상 모르고 온 동네를 뛰 다니며 동무들과 갖은 장난으로 보냈던 그 '옛날 장난꾸러기'가 늘 건강하다는 자부심을 느끼고 시골생활을 해왔습니다.

헌데 요 며칠 전 부터 자꾸 왼쪽가슴 상단 쪽 내부에 돌멩이가 하나 들어 있는 듯 우직하니 무거웠습니다. 느낌이 와도 밭농사 중에, 경운기 운전 중에 손잡이에 부딛쳤겠지 아니면 낮에 세렉스 차량에 약간씩 부딪쳐 다쳤으니 막걸리 한 사발 먹고 온실(밭)에 풋고추 하나 따서 먹으면 그 통증이 사라지겠지 하고 태무심하게 지내 왔습니다. 헌데 막걸리 한 사발을 마셔도 두 사발을 마셔도 낳기는커녕 점점 더 가슴이 쪼여오기에 약방에 가서 우황청심환 1알을 사먹었습니다. 대략 6일 정도 지날 무렵 통증이 너무 심해 ○○ ○○병원(○○대학) 응급실에 119로 실려 가고 말았습니다. 의학용어로는 잘 모르겠습니다만 인턴과 레

지던튼, 간호사, 교수님들은 stent란 용어로 주거니 받거니 하더니 "지금 오시지 않았으면 아마 벌써 돌아 가셨을 겁니다." 라고 하는 겁니다.

'늙어버린 꾸러기' 저는 뭐가 뭔지 멍청한 게 실감이 나지 않는 삶의 체험이었습니다. 이리저리 마음만 태우다 병원비는 외상도 안 되고 깎아 주는 것도 없어 대략 1,000여만 원 정도 소요되고 기타 경비 포함하여 1,200만 원 정도 떡 사 먹게 되었습니다. 올해 고추농사, 배추농사, 수박농사 지어 근근이 세종대왕 지폐 좀 만지작거리려다가 망연자실입니다.

이럴 수가 있습니까! 외형적으로는 아무런 수술표식도 없고 왼쪽 손목 입구에 동맥이 흐르는 곳에 시퍼런 멍울이 생긴 것 밖에 없는데도 돈 까먹는 현실에 깜짝 놀랐습니다. 시골집에 며칠 왔다 갔다 했으니 부모님 걱정하실까 싶어 시내 사무실로 가서 시골집으로 전화를 하니 울엄니께옵서

어머니(90) 아니 야야! 니가 수술했다고?

아들(70) 예. 엄마 그게 아이고~ 시술이다.

어머니(90) 야아야! 집에 온다고? 올 때 사탕하고 쵸크렌트 좀 사오이라! 알았나? 야아가 먼소리냐? 잘 안 들린다. 크게 말해라! 그나저나 아 참, 집에 개 사료가 떨어졌는데 개 사료 한 포대 사오너라!

라고 그리고 무엇이던지 '단디해라!' 소리소리 지르신다. 어젯밤에 아들이 황천길 갔다 온 줄도 모르고 울 엄니는 이렇게 동문서답 하시기에 이 '늙어버린 장난꾸러기'는 "예! 예! 예!" 대답

만 하고 시골 버스 속에서 천진난만하던 그 어린 소싯적의 추억
을 더듬어 보면서 글쓰기 메모를 해봅니다.

어머님 방문 도어 록door lock
부러져 고장 난 사건

우리 집 어머님(91)은 체격이 제법 뚱뚱보에 속합니다. 성격은 직선적이면서 자신에 대한 자랑이 엄청 많습니다. 즉 남들이 물어오는 질문보다 나중엔 그 질문의 요지는 온데간데없고 자신의 18세 소녀시절로 돌아가 버리곤 합니다. 중매할 때 온 동네 총각들이 두 줄을 써서 우리 엄니 얼굴을 함 보려고 며칠 밤을 지새고, 이 고을 저 고을마다 줄을 서서는 한 번 얼굴을 본 총각도 나중엔 3번 4번 수도 없이 줄을 다시 서 많이 보곤 하였답니다. 그러니까 서로 우리 엄니에게 장가를 들려고 환장을 했었다는 자신의 자랑을 곧잘 하신답니다.

전 아들이지만 객관적으로 봤을 때 울 엄니가 뭐 그렇게 미인 축에 들어오기는 거시기 합니다. 하지만 원체 본인이 자칭 미인이라 하시니 저는 좋은 것이 좋다고 아들로서 네! 네! 그러고 있지요. 그렇게 인기 많았다는데 우리 아버님은 어떻게 만나 결혼을 하였는지가 저로서는 엄청 궁금합니다. 또 그 당시 울 엄니가 미인이시라 쫓아다니던 총각들도 많았을 텐데 어떻게 물리쳤는지, 현재 울 아버지는 몇 번째 총각인지 저는 그것도 지금까지 미스터리mystery 궁금증으로 남아 있습니다.

그런데 어제 집에 가니 방문에 붙어있는 도어록이 다 부러져 붕대를 두른 뒤 청 테이프로 돌돌 감겨져 있었습니다. 누가 테이프를 감았으며 문짝 위에 구멍을 냈느냐가 추리적 의문 사항이었습니다. 어머님 한데 "어머님. 방 도어록이 와 뿌싸졌습니꺼?" 하고 물어보면 어머님은 "아비야! 너희 아버지 한데 물어봐라." 하시고는 아버지 앉아 계신 곳으로 고개만 획 돌려보다 가십니다. 저는 아들로서 아버지 개인 프라이버시privacy 때문에 엄니 방문 도어록을 왜 아버님께서 뿌사 버렸습니까? 하고 여남은 번 되뇌이다 결국 지금까지 물어 볼 수가 없었습니다.

가리 늦게 아버님이 사랑에 빠져 돼지 몸을 하고 계신 울 엄니를 임신 시킬 것도 아닌데, 그럼 뭣 때문일까요? 아마 지금 아버님 사랑이 삐걱대며 울부짖는 것 같습니다. 아~ 바다의 거품은 여신을 낳고 거시기의 애무는 여자를 낳는다는 말이 있습니다. 지금 아버님에게 사랑을 다시 이야기 하려면 째끔 넘사시럽기도 하고 우짜면 좋겠습니꺼!

오늘 기회를 봐서 물어볼까 하다가도 자칫하다가는 성질머리 폭발하여 나까오리 검정모자 쓰시고 "할마이! 얼렁 나와!" 라고 하시면서 또다시 개나리봇짐 싸서 나가시면 저는 또 이수일과 심순애처럼 아버지 다리를 붙잡아야 하고 아버님의 2단 옆차기에 나 뒹굴어야 합니다.

우짜까요?

아버님의 노리개는 죽을 때까지 몽실몽실한 어머님 젖무덤과 찌찌를 만지길 원한다?

　사람의 삶에는 밝은 면만 있지는 않습니다. 그 반대의 어두운 면도 있습니다. 아버님은 무언가 만지고 싶을 때 꼭 "도어록"이 부러진다는 사실을 때늦게 알았습니다. 그러나 상대가 어머님 이시기고 또 어머님은 귀찮아 도망을 가시기에 아버님은 화를 내면서 아무 죄도 없는 문짝 도어록을 잡아당기거나 휙 밀쳐 닫곤 하니 곧잘 부러뜨리고 맙니다. 대략 10번 이상씩 부러뜨리고 나니 어머님은 더 이상 아들 며느리 한데 고쳐 달라하기가 부끄러워서 더 이상 말도 못하고 문고리에 항변을 하는 것 같습니다. 저는 그 중간 지점에서 즉 아버지 방과 어머니 방 사이에 개구멍 스타일로 통로를 만들어 드리면 도어록 손실을 막을 수 있지 않을까 싶습니다.

　그렇다고 진짜 통로를 만들기에는 참 이상스럽고 우리 아버님의 묘한 애정 행위를 개선해볼 만한 아이디어는 없겠는지요? 한

방의 거처는 제가 한번 시도해본 결과 매시간마다 싸우시니 힘듭니다. 첫째 어머님 말씀으로는 영감냄새, 땀 냄새와 담배연기의 찌든 냄새들 때문에 머리가 띵한데다가 막걸리 냄새까지 견딜 수 없는 고역이랍니다.

그리고 자주 어머님 찌찌를 만지작 만지작 거린다던지, 집사람 한데 들은 이야기로는 쭈글어진 울 엄니 젖가슴을 시도 때도 없이 조물조물 주물러서 잠을 잘 수가 없다는 것입니다. 하기사 울 아버님 평생 70여년의 노리개가 잠든 엄니의 젖가슴을 조물조물 주무르며 유심히 내려다보면서 음미 하시는 것이었는데, 쩝쩝 하시면서 아버님의 이마가 달궈진 후 쭈글거리는 거시기가 어머님의 몸 위로 달빛이 계속 흘러내리듯 울 엄니 자지러지도록 흠뻑 젖어오도록 저는 울 아버님 정력 파워를 구들짝이 내려않을 정도로 뜨겁기를…. 그죠?

저는 모든 미물들 처럼, 우글거리는 이 모든 생명체들처럼 저마다의 번민이 있듯이 또한 아들로서 아버님을 이해하면서 우리 아버님 꿈나라에서라도 매일 낮이나 밤마다 아버님 양팔이 저리도록 울 엄니와 오랫동안 러브스토리가 영원히 이어가도록 바랄 뿐입니다. 후자는 늙은이가 나잇살 먹어 가지고 욕하시는 분들도 많겠지만 혹 부부생활도 능력으로 봐준다면 자식들은 그 분위기를 한번 더 만들어 드리는 것도 제가 보고 생활해본, 느껴본 자식으로서의 삶이 지금 우리들 앞에 다가오는 삶이 아닐런지요.

헌데 지금 연세에 가능성은 글세요? 한 번도 여쭈어보질 안했습니다. 저는 100살 다 된 아버님께 여쭙는 것은 잘못 되면 제 뽈때기 따따블로 멍석말이 될 것 같습니다. 우짜까요?

*조물조물 : 작은 손놀림으로 가볍게 자꾸 주무르듯이 만지는 모양을 나타내는 말

어머님의 치매검사,
등급을 받지 못한(등급제외자) 사례

매일 아버님과 어머님의 관계를 말씀 올리는 것보다 일상생활 속에서 삶의 이야기가 저급한 성생활 쪽으로 잘못 글쓰기 하기보다는 실체적인 삶 초현실을 직시 하는 글을 올려 봅니다. 몇 개월 전에 시골 ○○○보건소에서 어머님께옵서 치매검사를 해야 한다기에 큰자식으로서 안 그래도 했던 말씀 또 하시고 하시기에 돈도 들어가지도 않고 하니 경운기로 모시고 관할 보건소에 갔습니다.

그때 분위기로는 담당 여성 분 두 분이 울 엄마한테 질의 응답식으로 물어보고 답을 하곤 하셨는데 저는 왜 그런지 웃음이 자꾸 나와 킥킥 거렸습니다. 울 엄마와 여성 의사, 간호사 선생님하고 대화가 비정상적으로 가는 듯한 느낌을 받았기 때문입니다.

다음은 시골 읍내 보건소에서 그날 있었던 대화내용입니다.

간호사(40대) 할머니, 여기가 어디셔요?

울 어머님(90) 여기가 어디라고! xx 보건소잖아!

간호사(40대) 할머니, 집은 어디셔요?

울 어머님(90) 나를 바보로 아나! 어디냐고? 진주, 그래 일본 사
람인데 진주 살면서 영감쟁이 한데 꼬시키가꼬 지
금 찌그러진 아들한데 은처서 산다!

여기까지는 울 엄마의 초롱초롱한 눈맵시가 엄청 좋았습니다.
진행이 될수록

간호사(40대) 할머니, 저를 따라 하셔요. 첫 번째 제주도, 두 번
째 한라산, 세 번째 지리산.

울 어머님(90) 나를 바보로 아나? 제주도, 한라산, 지리산!

어머님은 세 가지를 또렷하게 한 번 만에 큰소리로 잘 하셨습
니다. 그리고 그 다음 질문

간호사(40대) 할머니, 지금 여기가 부산입니까? 서울입니까?

울 어머님(90) 어디라고? 야 아가 봐라! 충청도 아이가! 단양군
맞째~~~~

어머님은 제(아들) 쪽으로 보시면서 아주 품도 당차게 미소를 지
으며 말씀 하셨습니다.

여의사(40대) 할머니, 제가 버스로 100명을 태우고 가다가 ○○
마을에 7명 내리고 저쪽마을 ○○에서 3명 내리고,
그라면 몇 명 남았습니까?

울 어머님(90) 니가 참! 버스 운전수라꼬! 니가 면허증 인나?(이
한마디에 일단 의사선생님은 고개를 갸우뚱거림)

여의사(40대) 할머니, 조금 전에 제가 외우라 했던 것 말씀 해보셔요.

울 어머님(90) 아가신지! 아줌만지! 거시기 머냐? 니는 궁뎅이가 둥글넙쩍 해가꼬. 아 새끼는 잘 놓겠다!

간호사(40대) 천○○ 할머님 보호자 분 계셔요? 어머님 모시고 가셔요.

그리고 나서 정확히 1개월 만에 ○○○씨는 국민건강 관리 공단에서 등급제외 판정이 났고 제차 타 의료 기관에 이첩 하달되어, 할 수 없이 다른 병원에서 재검진(치매)을 하게 되었습니다.

저의 사무실 주위 및 기타 평소에 알고 지내는 분들은 시, 도, 군, 읍에서 1~5급 판정 받기가 하늘에 별 따기보다 어렵다며 이런 저런 정보를 주면서 집에서 아들이 어머님을 단디 교육시켜 제차 의견서를 재출하여 치매 검진을 받아보라 하였습니다, 몇 개월 자나면서 저는 그때 보건소에서 잘못한 질문방식을 가지고 질의와 답변 방법으로 주거니 받거니 어머님께 교육을 했습니다. 돈 안 들고 간병인을 쓸려고 했는데 그 다음 약 7일간 교육 후 어느 날 집과 보건소로 국민관리공단에서 담당자가 직접 나와서 울 엄니와 주거니 받거니 한 결과 "하태수님의 어머님은 천재입니다." 라고 하시며 치매 판정이 또 제외되었습니다. 이름과 아들 일은 물론 제가 다섯 살 때 어쩌구... 하시며 오래된 기억을 곧잘 꺼내시니 당연히 불합격을 받은 게지요.

〈병원 담당자 왈〉

할머님은 70대의 아들 젖 물림 기억까지 초롱초롱하게 잘 기억하시니 치매환자로 등급받기가 매우 어렵습니다. 방안에 누워서 똥을 손바닥으로 문지르며 얼굴에 로숀이라고 바르시는 치매어른들도 많은데, 아드님께서는 안심해도 됩니다.

결국 등급 제외로 최종 판정 되었습니다. 울 엄니 보건소에서 나오시면서 저(아들) 보고 야~아야, 내가 똑 뿌러지게 똑똑하제. 너거 아비한데 오라꼬 전화해라. 너거 아비가 나한데 오늘 짜장면 사줄려고 했거등! ㅎㅎㅎ

울 어머님(90) 천재 맞지예?

옛날이야기 하던 중
천방지축天方地軸 울 엄니 뜻밖에 내 뱉은 말

밤중에 저는 어머님 우울하게 엄니 방에 외롭게 계시기에 "엄마, 이야기 하나 해주까!"라고 하니 울 엄니 "그, 오늘밤은 니 이바구 한번 들어보자!" 하십니다.

아들(71) 엄마! 엄마! 옛날에 거시기 살았거던,

엄니(90) 거시기가 누고! 응?

아들(71) 가만히 들어봐라! 이야기 하기 전에 엄마 매너가 엉망
진창이다.

엄니(90) 지랄하고 자빠졌네. 매너는 머꼬? 아~놈이, 어미 한데
매너 찾고 지랄하고 자빠졌네 치~! 지 애비보다 못하
구만은! 얼렁해봐라! 어서~~! 빨리! 뜸 들이나? 문디
자슥~ 어서 해봐라!

아들(71) 엄마! 칠푼이, 팔푼이, 껄떡쇠가 살았거덩!

엄니(90) 그래서 우째 된노? 잘 살았나! 못살았나!

아들(71) 어~허이, 좀 들어봐야지. 그렇게 조급하면 이바구가 되겠나!

엄니(90) 니 방금 한 마지막에 껄떡쇠는 누고!

아들(71) 머슴아만 있는 집이라 3형제 중에 제일 큰놈

엄니(90) 껄떡쇠 이름도 더러버라, 너거 아비하고 비슷하네. 맨날 맨날 껄떡거리니깐 그자!

아들(71) 어허이~~ 엄마, 와그라노! 아버지 건너 방에서 들으시면 우짜겠노! 진짜로....

엄니(90) 알았다, 얼렁 이야기 해라! 그놈 껄떡쇠 우째 되노?

아들(71) 알았다. 칠푼이와 팔푼이와 껄떡쇠 3형제가 밤하늘을 바라보면서 이야기를 주고받는데, 하늘도 이 형제의 우의에 감동하였는지 커다란 선물을 주었단다.

– **껄떡쇠(왕 형님)** 칠푼아! 팔푼아! 우리 3형제는 정말 사이가 좋기로 우리 마을에 소문이 쫙악 났제! 그자?

– **칠푼이(동생)** 형님아~~~ 저 하늘에 별이 100개도 넘겠제?

– **팔푼이(형님)** 야이 씨발 새끼야~~~50개도 더 넘는다.

– **껄떡쇠(왕 형님)** 새카마케 깔려있는데...

– **칠푼이(동생)** 행님아~! 그러면~! 하늘이 와 저렇게 빤짝 빤짝거리노?

– **팔푼이(형님)** 병신 같은 놈. 캄캄하니깐 거시기가 꺼떡거리니깐 그렇지!

– **껄떡쇠(왕 형님)** 죽었뿐는데 뭐가 꺼떡꺼떡거리노?

- **칠푼이(동생)** 껄떡쇠 큰 행님 것은 살아있나?
- **팔푼이(형님)** 아이다. 흔들었는데 죽었다!
- **껄떡쇠(왕 형님)** 아이다! 이 손으로 꽉 쥐고 안 쌀려고 붙잡고 있
  다!

한참 아들 이야기를 듣고 있던 울 엄니(90) 하시는 말씀.

엄니(90) 너거 아비 것은 딴딴하다!

와이래 빨리 안 죽노!

- 우리집 아버님 말씀

때는 얼마 전에 읍내 사무실에서 집사람하고 이런저런 이야기 끝에 오늘은 일찍 시골집에 가서 부모님 하고 하룻밤을 자고 오자고 의견을 보았습니다. 일을 다 마치고 출발하여 시골집에 도착 해서는 얼른 인사부터 드리려고 집사람과 저는 방 앞으로 가서 "아버님, 어머님 저희들 왔습니다."라고 인기척을 내었습니다. 시각이 저녁 8시~9시 정도였는데 그 순간 아버님께옵서 "와 이래 빨리 안 죽노!"라고 말씀을 하시기에 저는 깜짝 놀라 얼른 아버님 방문을 열었습니다. 따뜻한 이불 상단에 놓여진 농약병 하나를 보았습니다. "아버님. 농약을 왜 여기에 갖다 놓았습니까? 아버님" 하고 여쭈어 보는 순간 "너 말고 어미 좀 들어오라"고 하셨습니다.

해서 집사람하고 같이 들어갔는데, 아버님은 며느리 손에 뭔가를 쥐어주시면서 "내가 죽거든 어미가 이 비상금 통장을 잘 관리하고 꼭 필요한데만 돈을 써라"고 하시면서 입가에 침물을 질질 흘리시기에 저는 너무 당황하여 곧바로 119로 할아버지가 농약을 마셨습니다 라고 신고하여 긴급으로 병원 응급실로 향하였습니다. 도착과 동시에 응급실 야간 당직 의사 , 간호사, 남자 간호사, 병원경비 아저씨 등 총동원되어 아버님의 입을 벌리고 남자 분 2명이 아버님 위로 올라가서 마우스 같은 것을 넣고 벌리고 콤프렛사(공기+물=혼합물)로 아버님의 입속으로 프라스틱 호스를 집어넣어 위 세척을 하였습니다. 긴급하게 액스레이+피검사+오줌검사+오물검사 등등을 하니 그야말로 백 살이 다 된 아버님은 초죽음의 몰골이 되었고 응급실에서 하루 이틀 사흘 만에 의식이 깨어났습니다.

헌데 이때 이상한 점이 의사+간호사+경찰 등등 입회 하에 갸우뚱 거리면서 농약 이물질이 전혀 위에서 발견되지 않으니 이상하다고 하였습니다. 저희 내외는 더욱 더 궁금증이 싹을 튀웠지만 병실 내에는 곧 죽을 것 같은 응급환자 분들이 계셨기에 아버님 입원 방이 무서울 정도로 긴장된 나날을 며칠 보냈습니다. 그리고 저는 간병사 문제, 다가올 병원비 문제 등등 고심을 하는 순간 응급실에서 하xx할아버지 보호자를 찾는다기에 중환자실로 뛰어갔습니다. 헌데 중환자실에 특별 배치된 간호사가 "아드님은 저쪽 할아버님께옵서 긴급히 찾으니 가보셔요" 라고 하여 저는 집사람과 함께 "아버님 찾았습니까" 라고 말씀 드리는 순간 아버님 말씀은 "야아야 내는 농약 안 마셨다. 그러니 얼렁 집에 가자." 라고 말하시는 것입니다.

저는 의아스러웠지만 일단 아버님을 옮기려고 하는 순간, 아버님께서 고열을 앓고 있는 것이 아닙니까. 의사에게 물어보니 응급환자 중에 폐혈증 환자가 있어 전염되었는지 아버님은 이미 40도 이상 고열로 하루에도 몇 번씩 천당과 지옥을 왕래 하시는 듯 초 긴급 환자로 바뀌어 계셨습니다. 더구나 연세(95세)가 있다 보니 거의 혼수상태로 변해버렸습니다.

　무슨 일 때문에 우릴 놀라게 하려고 한 것인지는 모르겠지만, 아버님은 농약마신 흉내를 잘못 내시는 바람에 곤욕 중의 생 곤욕을 치르게 된 것입니다.

100살 다 된 아버지와
70살 아들의 무언중 속마음 대화

백 살이 다된 남편을 간병하기란, 특히 구순의 어머님 나이에는 굉장히 힘드시는 일이라고 판단을 해봅니다. 남편이고 70년 해로 한 사이라도 신체적인 부분 즉 늙어버린 몸뚱아리로 자기 자신 한 몸 추스르기 힘이 드는데 100살 다된 영감을 먹이고 닦이고 씻기고 입히고 말 상대 해주고 그 외 배설물이 나오면 치우고 한다는 것이 여간 힘이 드는 것이 아닐 것입니다.

하지만 저는 자식 임에도 우리 어머님이 그렇게 힘이 많이 들 것이라는 생각을 그렇게 깊이 해보질 않고 오로지 어머니는 아버지의 마누라니까 꼭 해주어야 된다는 의무적인 생각밖에 하지 않고 있었습니다. 이것이 즉 문제점으로 대두되어 아버님의 마지막 삶이 뒤틀리고 힘들게 되었습니다.

하루는 제가 아버님 대소변을 받아서 닦이고 씻고 속옷을 갈아입혀 기저귀를 채웠습니다. 이제는 늘상 하는 것이 되다보니 저도 힘이 들었습니다. 헌데 저의 마음이 눈물이 나도록 소리없이 가슴속으로 흘러내리는 묘한 느낌과 감정을 받았습니다.

오물 기저귀를 바꿀 때입니다.

아들(70) 아버님 엉덩이를 조금 들어 보셔요. 이렇게...

궁둥이에 묻어있는 대변을 닦아 내리려면 아버님을 앉아서 들어 올려 물에 젖은 일회용 혹은 수건으로 엉덩이와 중요한 부분을 닦아야 됩니다. 이때 아버님께서 한 말씀입니다.

아버님(95) 야아야~! 니가 힘들제? 고생이 많다~!

아들(70) 아버님, 괜찮습니다.

이때 저는 다음 동작을 해야합니다. 왜냐면 오른쪽을 닦았으면 또 왼쪽을 닦아야하니 아버님 위치에서 보면 한쪽을 옆으로 이동하여 들어 올려 주셔야 합니다. 이때 아버님 엉덩이를 보면 약간의 욕창이 생겨 고름과 피가 나 있는 것을 보았습니다. 얼마나 아프겠습니까? 그때 아버님은 아들이 힘들어 할까봐 그 욕창의 아픔을 참아가면서 엉덩이를 들어 올려주시니 저는 눈물이 왈칵 거리며 그렁그렁 그렸습니다. 피와 고름이 나올 정도면 엄청 고통스러울 것은 당연지사입니다. 그런데도 그 아픔을 참으시고 아들이 힘들어 할까봐 참고 또 참으시는 겁니다.

아버님(95) 야아야~! 힘들제? 고생이 많다!

아버님께서도 두 눈에는 이슬이 그렁그렁 하셨습니다.

아들(70) 아버님, 저는 괜찮습니다. 아버님 많이 힘드시죠?

아버님(95) 아니야~! 너 수고했다. 이제 너 방에 가거라!

제 눈에는 눈물이 그렁그렁 거리다가 말없이 볼로 줄줄 흘러

내렸습니다. 왜냐면 저(70)를 태어나게 하시고 성인이 될 때까지 길러주신 분입니다. 어리 적엔 넘어져 무릎이 깨지고 다치면 아까징기(머큐럼)를 발라주셨는데 저는 으앙~거리며 다 죽어 가는 척 연기도 하고 아프다고 생떼를 쓰며 왕짜증도 내고 울고불고 했는데 지금 제 앞에 계시는 울 아버님(95)은 당장 피가 줄줄 흘러내리고 고름이 터져도 괜찮다고 하시면서 아들 걱정 할까봐 아프지 않은 것처럼 하시니... 그 모습이 지금 이 시간 그 세월에 잡아먹힌 지독한 망각(잊어버린 것)이 문득 옛 생각이 떠올라! 더욱더 마음이 쓰리고 아파 왔습니다.(그 아픔을 자식 앞에 두고 참고 견디며 어금니 물고는 안 아픈 척 하시는 모습이 애련하기보다 아버님이 너무 위대하게 보였습니다).

아버님은 속마음을 다 표현하지 못 하시면서 엄마(90) 한번 쳐다보시고 며느리(65) 한번 쳐다보고 아들(70) 손만 꼭 쥐고 또 꼭 쥐고 있었습니다. 흑흑흑!

아버지와의 이별을 준비해야 하는 이때에 아버님의 고통이 제 고통으로

저는 읍내 사무실에 출근하여 시간時間대 별로 만들어 결정決定 지어야 하는 한창 바쁜 업무業務중인데, 갑자기 아버님께서 전화를 해오셨습니다.

아버님(95) 아비가!

아들(70) 네네, 아버님. 찾았습니까?

아버님(95) 다른 게 아니고, 니가 지금 빨리 와서 나를 저번에 입원했던 병원에 다시 데려다 줄래! 내가 아무리 생각해도 그 머시냐! 코줄 끼워서 죽도 넣어주고 링게르 주사도 맞으면 좋아질 것 같으니 그렇게 해두가!

아들(70) 네네. 아버님 무슨 말씀인지 알겠습니다. 제가 곧 아버님께 가겠습니다.

〈첫째〉

저는 직감적으로 집안에 간병 하고 계시는 어머님(90) 생각이
났습니다. 병원에서 아버님과 kiss 세례로 애정표현을 했어도
잠깐 틈나면 며느리에게 같은 여자들의 동질성 입장에서 아버님
과거(약 30년 넘게) 다른 여자와 바람을 피운 이야기를 주거니 받거
니 하는 모습을 아들로서 자주 봐왔기에 혹 지금 아버님의 환우
상태에서 거슬리는 과거사로 인하여 아버님 심리적 동요가 일어
나 매우 참고 견디기가 힘들어 하시는 거 아닌가? 생각하게 되
었습니다.

〈둘째〉

저는 집에서 간병을 하더라도 중환으로 계시는 아버님(95)을 국
민건강관리공단이 인정하는 등급 판정을 받고자 하였습니다. 또
한 원호 대상자로서 인센티브Incentive를 받을 수 있는, 즉 경제적
인 면을 생각하여 경비부담을 줄이고자 그 행정 절차를 만들어
갖추어 가고 있었습니다. 이것은 어머님이나 저의 처나 주위 분
들 모르게 착착 진행중이었습니다. 약 1주일 정도만 아버님께서
참아주시면 모든 것이 순조롭게 진행되려는 순간 아버님의 호된
꾸지람에 저는 아버님 말씀을 거역하기가 매우 어려웠습니다.

아버님(95) 야아야! 아무소리 하지 말고 나를 얼렁 니 차에 태워
　　　　　서 전번 코줄로 꿰놓은 곳에 그 중환자실 있제? 너거
　　　　　엄마가 키스하고 보듬고 하던 방에 데리고 가서 그기
　　　　　에 입원시켜라!

아들(70) 아버님. 그렇게 해 드릴테니 딱 1주일만 집에서 기다려 주시면 안 되겠습니까?

아버님(95) 이놈아! 시잘때기 없는 소리 하지 말고 얼렁 코에 호스를 끼워 투입하던 그 병원에 가자! 응

저는 아버님 명령을 받들어 찍소리 한마디 못하고 차에 아버님을 태웠습니다. 그리고 어머님 얼굴 한번 쳐다보시고 막 차로 출발 하려는데 오른쪽 조수대쪽 방향으로 어머님께옵서 또렷이 "영감 진짜로 갑니까?" 하니 아버님은 왼쪽으로 두 눈을 감고 획 돌려 버리는 자세로 취하니 어머님은 영감! 영감! 하면서 차가 떠날 때까지 사라 질 때까지 서 계셨고 아버님은 어머님과 눈을 마주치지 않고 꾹 감고 계셨습니다,

이 장면이 결국 아버님과 어머님의 마지막 이승과 저승과의 이별이 되어 버렸습니다. 저는 이번 아버님의 삶을 이야기 하면서 특히 느끼는 것은 부부간에는 살아있던 죽었던 신의信義가 있어야 된다는 것을 체험했습니다. 그리고 주자십회朱子十悔 중에 나오는

(不孝父母 死後悔): 부모에게 효도하지 않으면, 돌아가신 후에 뉘우친다.

(色不勤慎 病後悔): 이성을 삼가지 않으면 병든 후에 후회한다.

(富不儉用 貧後悔): 부유할 때 아껴 쓰지 않으면 가난하게 된 후 후회한다.

이 3가지를 체험했습니다. 그 외

풍수지탄風樹之歎 : 효도를 다하지 못했는데 어버이가 돌아가시어, 효도하고 싶어도 할 수 없는 슬픔을 이르는 말(한탄 함), 즉 살아 있을 때 문안을 드린다는 뜻으로 자식은 부모의 안부를 물어서 두루 살핌을 이르는 말.

받기만 하고 살다가 이제는 효도 좀 해 보려고 하면 부모님은 기다려주지 않고 저의 곁을 떠나가 버리십니다. 상다리가 부러지도록 제사상을 차려주면 뭣하고 묘를 화려하게 장식한들 무슨 소용 있겠습니까? 살아생전 밥 한 그릇이 더 귀하고 소중한 것을...

울 엄마 궁댕이가 부러졌어요!

　글쓰기 취미 생활 중에 요즘 여기저기에서 위로의 말씀을 너무나 많이 받고 있는 중에 ○○○란 분 외 동행님들이 90세 넘으신 어머님은 인제 혼자 외로워서 어쩐신다요? 하시면서 궁금하여 여쭈어 보시기에 시간 짬짬이 저 어머님(90) 후속 편을 엮어 보렵니다.

　쪠끔 부끄럽습니다만, 연로하신 어머님(90). 짝을 잃어버리고 어떠한 마음으로 자식들과 하루하루 살아 가시느냐를 써 내려 가겠습니다. 말씀드리기 전에 그럼 하태수 어머님의 신상을 약간 공개를 해야 합니다. 그래야 이야기가 재미가 있을 것 같아요. 저의 어머님은 1928년생으로 일본에서 태어나 경남 진주에 정착하였으며 체격은 옛날 희극배우 백금녀와 비슷 무리하게 뚱땡이며 얼굴은 누가보아도 알 정도로 피부색갈이 시크머스(검정)이며 즉 깜상입니다. 주름진 뚱보지만 아버님은 늘 대한민국에서 "너거 어머니만한 미인이 없다." 하면서 자나 깨나 자식 앞에 자랑을 하셨답니다.

학업은 그 당시 왜정시대에도 공주 사범학교를 졸업한 신여성으로서 학교의 교직생활 중에 이 고을 저 고을의 총각들에게 인기가 많았답니다. 또 우연찮게 같은 마을에 대구사범학교, 진주사범학교, 평양사범학교, 서울사범학교, 공주사범학교, 연희전문학교 등등 꽤 이름 있는 학교 출신의 총각들과 그 외 지역 토지소유 만석꾼 자녀(총각)들로부터 인기짱으로 굴림하시던 분이랍니다. 저는 그 당시 사실을 입증 할 만 한 자료를 보지 않았고 더더구나 저도 생기지도 않았기에 알 수는 없지만 뒤늦게 본 흑백사진들을 통해 상상과 유추는 해보았습니다.

어쨌던 인기가 많았다고 하시는데 저는 본 일도 없습니다. 다만 지금 살고 있는 시골에 오시기 전에 두 분이 적절히 해로 하시다가 경제적인 문제와 또 다른 자식들과의 갈등으로 지내시다가 약 20년 전에 제가 있는 곳으로 귀촌하셨습니다. 마을 경로당에 울 엄니가 갔다 오시면 울 엄니는 무식한 영감 할마이들 하시며 왕짜증을 낸답니다. 그리고 요즘은 사진첩을 꺼내어 아버님 사진을 만져보다가 눈물을 훔치시곤 합니다. 그 다음 아들이 어머님 방에 들어가서 "주무셔요!" 전하면 어머님은 아버님 방에 맨손으로 방바닥을 쓰담어 보시고 말없이 눈물만 흘리고 계시기에 저는 어머님께옵서 외로움에 우시는 것인지 아니면 아버님 흔적 찾아 잠시 울적해서 우시는지, 다리 관절이 아파서 우시는지 아무튼 저는 요즘 어머님을 바라보면서 건강하셔야 될 텐데 하며 신경을 곤두세웁니다.

그날의 사건은 거실 냉장고쪽에서 밤중에 우당탕 거리는 소리가 나 저의 집 사람이 도둑이 들었나 하면서 거실 쪽으로 나가더니

"여보, 빨리 나와 보셔요!" 하며 제 잠을 깨웁니다.

급히 나가보니 거실에 어머님이 넘어져 계셨더랬습니다. 당시는 너무 놀랐습니다만, 나중 알고 보니 자식들 잠을 안 깨우려고 조용히 냉장고의 음식을 잡수시려다 너무 어두워 엉덩방아를 찧은 것이었습니다.

밤중이라 저도 기다시피 나가서 어머님을 방으로 부축해 눕혀 드렸습니다. 어머님께옵서 "아비야! 아비야!" 하시면서 쿵쿵 아픈 소리를 뱉으시며 허공을 향해 손을 휘젓고 계셨습니다. 식은 땀을 줄줄 흘리면서 "아이고야! 아이고야! 내 죽겠네." 어머니 몸에 우선 손도 건들이지 말라고 쩔쩔매는 모습에 앗차! 뼈가 부러졌는가? 이 생각 저 생각 다하면서 우선 xxx 관할 소방서에 응급구조 요청을 했습니다. ○○○병원에서 진찰결과 어머님은 궁둥이 부분과 고관절이 부러졌습니다. 꼼짝달싹도 못하고 곧바로 의사 선생님은 연세가 많아 수술이 어렵겠다고 하셨습니다, 그냥 집으로 모시고 가던지 아니면 돈이 들지만 인공 고관절 수술을 하시던지 결정을 하라고 했습니다.

아버님 돌아가신지 얼마 되지 않는데 왜 울 엄니가 아픔을 가지시며 또 이렇게 하시는지 답답해 올 쯤 저도 마음이 편치 않았습니다. 그리고 너무 아파하시는 어머니의 고통을 그냥 볼 수가 없어 신체적인 부분 엑스레이와 고혈압. 당뇨검사. 피검사 후

에 인공고관절 전 부위별 수술 할 것을 서명했습니다. 1차 인공 뼈 값만 약 3백만 원, 그 외 간병비＋입원비＋약값 등 대략 1,000만 원 정도 들어간답니다.

늙어서 요즘 60대 할머님들도 칼슘 부족으로 칫솔질 하다가도 턱관절이 부러져 오시는 할머니도 많고 또한 엉덩이를 빙판에 찍어 넘어지면 천만 원 정도는 그냥 떡값으로 날아간다는 원무과의 떠벌이 직원 앞에 보호자로서 서명을 안 할 수 없었습니다.

가능과 불가능 사이에 장장 4시간 이상 수술을 했습니다. 병실에 온 첫날밤에 무슨 똥보귀신이 찾아오셔서 다함께 합창으로 드럼 치 듯 잡히는 대로 던지면서 울고불고 아이고 아이고 곡소리가 복도에 메아리로 울려 퍼져 다른 병실 환자와 보호자들의 불평불만이 밤이 새도록 진행되어 간호사실 복도로 쫓겨나야 했습니다.(에티켓 없는 행동으로 남에게 피해를 주는 소란 방지죄 적용으로 시켰지만) 그 때문에 병실 주위 모든 분들이 울 엄마의 토실토실한 궁댕이를 다 보고 말았습니다.

울 엄니, 아버지 세상을 뜨셔 홀로 외로워서 어떻게 살아가실까?

울 엄니 자존심과 마음의 상처
헤아려 주고 싶다

  울 엄니 궁둥이 대수술 기간 1개월 정도 지날 쯤 간병사님을
한 분 모시고 간병을 하면서 엄니와 요양원으로 모시는 문제로
의논을 했습니다. 몸이 불편한 부모라고 자식이 마음대로 행할
수가 없는 것이기에, 또 엄니이기 전에 인간 준법과 존엄성, 배
움의 척도를 가지고 살아가시는 울 엄니 한데는 자식이라고 막
무가내로 할 수가 없었습니다.

  모자지간이라도 지켜야할 가정의 규범과 행실이 있기에 부모
와 자식에 앞서 도리를 우선 시 하여 하나하나 의논을 드려야 한
다고 봅니다. 자식이라고 응석부리듯 마음대로 하다가는 엄니
마음에 큰 상처를 안겨주어 단식투쟁이나 묵비권으로 나가시면
제가 이래저래 두고두고 가슴앓이 하면서 살아야 합니다.

  자기 본분을 지켜가며 행하는 것을 엄니는 좋아하십니다. 어
쩌다 자식의 모습이 거만하거나 경솔하다던지, 행동이 삐딱하

게 보인다던지 흐리멍텅한 짓거리로 얼렁뚱땅 거리면 이리 와 봐! 똑 바로 앉아라! 하시면서 엄격하게 논리적으로 하나하나 저의 콧등에서 진땀이 송알송알 나오도록 나무라십니다. 잘못된 부분을 인정 하느냐! 안 하느냐! 고 다그치며 질문을 하시죠. 그 다음 아들로서 본분을 다 했는가를 파고들어 논리적으로 부모자식의 인연법을 들고 나와 철학적 사고방식과 모성애를 접목시켜 이야기를 하십니다. 엄니의 합리적 설득과 이해력 앞에서 당할 재간이 없습니다. 자식의 사랑학 개론과 가치관 현실에 부합되는 경우를 예문까지 하나하나 들어가시면서 제 나이 71살에 딱 맞는 말씀을 하시죠. 저도 그때는 일흔이 넘었어도 엄니 앞에 무릎을 끊고 이야기를 듣습니다.

모든 도리는 지키도록 종용하고 또 답습하게 합니다. 때론 자식을 오귀스르 로뎅(생각하는 사람)으로 만들고 소쿠라데스, 예수, 공자, 석가모니 즉 4대 성인을 만들어서 다리 무릎이 쥐가 나고 오줌통이 터질듯 할 때쯤 어머님께옵서 "너 화장실 가서 오줌을 누고 오라"고 하십니다.

한 마디로 엄청 피곤합니다. 유년기 때부터 울 엄니 논리적 아동교육법에 저는 치를 떨 정도로 머릿속이 멍 할 때가 한두 번이 아니고 금년 나이 71살임에도 모자 사이 지켜야 할 규범을 자기 자신이 스스로 하도록 나무라십니다. 요즘 세상에서 남들이 볼 때는 얼마나 모자지간에 피로 하겠습니까.

그 옛날 기억으로 한 말씀 더 드리면 청년기 때 이제 좀 컸다고 오만방자한 행동이 자칫 엄니 눈에 뛰었다면 그날은 따귀 한

대 맞는 것이 낫지! 공자왈 맹자왈 논리적으로 육하원칙에 따라 시대적 배경을 깔고 이유와 사유가 합당하지 못한 엇박자로 말을 하면 저는 그날이 초상 치르는 날입니다

한마디로 모자지간母子之間 엄격하고 만약 울 엄니가 삐쳤다면 약 1주일은 식음 전폐 하고 자식 앞에서 삼강오륜부터 들먹이며 가르침이 부모가 잘못 가르쳤기 때문이라며 소복素服을 갈아입으시고 자식을 위해 찬물로 세수를 하시고는 단식투쟁으로 아들 길들이기를 하시는 분입니다.

듣고 읽어보니 무섭죠! 그런데 이런 분이 이번에 자기 자신의 궁둥이가 아들, 며느리 몰래 밤중에 음식을 먹으려다가 깨지고 부러져 그 자존심 엄청 속상해 하십니다. 며느리 보기도 창피하고 아들 보기도 부끄럽고… 저 엄니가 지고지순至高至純한 어머님이라고 자신을 치켜 세우시려는 자존심의 그 마음이 얼마나 상처를 입었을까요! 그죠!

저는 어머님 그 마음을 압니다. 지금 아들로서 그 주름살을 주물러 드리고 싶습니다. 짧은 인생 지나놓고 보면 아무것도 아닌데 말입니다.

울 아버지 울 엄마 진실을 알고 싶다

"야아야!"

"큰 아 있나?"

"네네, 아버님(95세). 말씀하세요."

이때가 저녁 먹고 차 한 잔 마시는 시간입니다.

"내가 죽거들랑 산소를 쓰지 말고 바로 화장해라! 딱, 죽거들랑 장례예식장 돈 많이 드니깐 면사무소 가서 보건소 의사 데리고 와 보이면 사망진단서 끊어 주거들랑 평소에 입었던 양복 한 벌 깨끗하니 입혀서 대충대충 새끼줄로 묶어서 볶아라! 알쩨!"

"아버님, 갑자기 볶다니요! 무슨 말씀이신지요?"

"어~흠. 다른 것 구질구질하게 설명 할 것 없고 아비가 죽으면 곧바로 삼일장도 길다. 이틀 만에 '뗀뿌라' 시켜 버리라. 알쩨!"

"아버님. 갑자기 뗀뿌라는 무슨 말씀이시며 화장은 또 무엇입니까!"

"이놈아! 아비가 유언을 하는데 좀 심각하게 대답해야지 이놈아!"

"아, 네네.. "

이렇게 저의 아버님께옵서는 두서없이 큰아들을 불러놓고 장례절차에 관한 내용과 죽음에 대한 대비책으로 경비절감 차원에서 그동안 큰아들에게 10원짜리 하나 물려주지 못한 한스러움과 수십 년 바람피운 세월에 늘 큰 자식한데 미안함으로 시간이 남으시면 즉흥적으로 자신의 삶의 종점을 깨끗하게 하고 싶어 하십니다.

얼마 전까지는 자신의 젊은 시절에 국가에 몸 바쳐온 훈장인 2차 대전 때 일본인(하사관)으로 징용(남양군도: 지금 필리핀. 베트남)갔던 전쟁사를 수도 없이 말씀하셨고, 국내에선 6.25 참전하여 격전의 일등 중사 그 용사로 살아남았다는 전쟁사를 말씀하신 후에 늘 "야! 아야, 너는 나를 국군묘지에 묻으라 알째! 돈 하나도 안 든다. 알았느냐! 그리고 너희 엄마가 먼저 죽으면 잠시 납골당에 모셔놓았다가 내가 죽으면 국군묘지에 함께 합장을 해라! 알째!"

이렇게 시시때때로 말씀 해온 터라 저는 아들로서 해야 할 본분을 아버님께 수차례 소통해온 말씀이었습니다. 헌데 막상 죽음이란 단어가 바로 눈앞에 놓고 보니 서글퍼서 우시기도 하시고 과거에 자기 잘못한 것에 대한 회한을 하시는 듯했습니다. 그런데 요즘 저에게 딱 한 가지 문제가 생겼습니다. 요 며칠 사이에 어머님(90세)께옵서는

"야아야! 큰애야! 나는 너희 아비하고 같이 묻히기 싫다! 나는

그냥 동해에 그냥 뿌려라! 일본(고향) 바다가 보이는 쪽으로... 어미를 조금이라도 생각한다면 알째! 나는 너희 아비 하고 같이 묻히기 싫다. 죽어서 무엇 때문에 같이 묻힐 일이 있노! 저놈의 영감쟁이 뒤통수만 보아도 꼬락서니 보기 싫다. 나는 내대로 뿌리고 너거 아비는 너희 애비가 해달라는 대로 해라!"

아이고, 이 일을 나는 어찌 해야 하나요! 저는 아들로서 약간의 갈등 속에서 아버님 말씀을 따라야 하는지 아니면 어머님 말씀을 따라야 하는지 고민을 하는 하루였습니다. 세 사람 다 나이를 먹다 보니 어떻게 해야 하나요? 그런데 나이로 따져서 죽음의 고지가 눈앞이라 하더라도 "아들이 먼저 꼴까닥 하면 우짜지?"

등신, 쪼다 같이 눈치만 살피며

시골집 내부를 고쳐 현대식 부엌과 세면장 개조를 하여 아버님 어머님 모시고 우리 내외가 함께 생활 한지가 수년 되는 어느 날 아침 아버님의 부름에 화장실로 갔습니다. 화장실 변기통이 빨간 색깔로 되어 있기에 깜짝 놀라 아버님을 쳐다보는 순간 아버님 말씀 "아무래도 내가 병원에 가야 할 것 같다."

시내 개인병원 비뇨기과를 찾았더니 의사가 한참 후에 "아무래도 큰 병원에 가셔야 할 것 같습니다. 제가 소견서를 써줄 테니 서울 ○○병원에 정밀진찰을 받으시라."라 했습니다.

며칠 후 휴대폰에 ○년 ○월 ○일 ○시 까지 예약된 내용이 왜 이렇게 불안하고 떨리는지 답답한 하루였습니다.

그 다음 날 xx병원 복도에서 대기하고 있다가 간호사의 부름에 의사선생님 의자에 바싹 다가앉자 의사선생님 왈 "현재로선 방광암입니다. 추가 사항은 전립선 관련이오니 환자분(아버님) 연세도 있고 하니 수술하더라도 항암치료와 체력문제로 어려우시니 시골 내려 가셔서 그냥 편안하게 오줌통(변기통) 차고 사시는 데까지 생활하시는 것이 가족들도 편안합니다."

네네, 그러면서 복도로 아버님과 걸어 나오는 순간 "야! 이놈아! 너하고 의사선생하고 속닥속닥 하는 소리 내가 다 들었다. 죽어도 내가 수술 받을 터이니 그리 알아라!" 이 한마디에 나는 부위자강父爲子綱 : 아들은 아버지를 섬기는 것이 근본이고, 부자유친父子有親 : 아버지 와 아들은 친함이 있어야함 이라하니 그냥 병원을 나올 수가 없었고 불효부모사후회不孝父母死後悔 : 부모에게 효도하지 않으면 돌아가신 후에 뉘우친다 생각되어 제차 접수를 했습니다.

집안 가족들은 걱정거리였습니다. 우선 나이가 그 당시 89세 (지금은 92세) 돈도 돈이지만 연로하신 노인의 체력이 문제였습니다. 과연 암 덩어리와 싸워 이길 수 있을까? 항암치료를 무사히 견디어 낼 것인가? 수술 첫날 가족들이 다 모였습니다. 수술실 들어가기 전 시골집에서 올라올 때 아침을 굶고 오라고 했는데 아버님은 무엇을 많이도 잡수셨는지 남자의 거시기(성기)를 간호사가 잡고 철사(와이어)를 거시기 속으로 집어넣는 순간 똥을 엄버지게 싸버려 도중에 보호자 호출에 직접 가보니 온 진료실에 똥 구린내가 진동을 칩니다. 아버님 거시기와 항문을 닦고 씻기고 반복하기를 수십 번(나중에 조용해지고 소독약 품으로 똥 냄새가 사라질 무렵) 나는 아버님께 여쭈어 봤습니다.

"아버님 굶고 오라고 했는데 왜 이렇게 많이 잡수셨어요?" 하니

"야! 이놈아 수술 받으려면 많이 먹어야 힘을 쓸 것 아니냐! 이놈아 니가 뭐 알고 그러냐! 너도 철사 줄로 넣어봐라 얼마나 아픈지! 등신 같은 놈."

시간이 흘러 4~5시간 수술 후 응급실로 내려와 쿵쿵 앓는 소리 며칠 밤을 지새우고 입원실에 생활 한지 일주일 만에 항암치료, 통원치료 등등 음식요법관리 6개월이 경과되어 새사람같이 명랑하고 잘 잡수시고 시골생활에 적응해 밭에 고추심기, 배추, 무, 농사일에도 활기찬 생활을 잘 하고 계시는데 문제는 어머님하고 한방거취 생활에서 어머님께옵서 나한데 긴밀히 할 이야기가 있다기에 어머님 왈 "지금까지 너희 아버지 하고 한방거취를 했는데 인제 내 혼자 조용히 자다가 편안하게 죽고 싶으니 내 방 하나 만들어 달라!"

나는 "뭐 그리 어렵다고 그래요." 하면서 눈치 없이 어머님 편안하게 생활하시라고 아버님 방 옆에다가 방 1개를 만들어 드렸습니다.(아버님 담배 냄새, 꼬리답답한 노린내 냄새, 막걸리 냄새, 테레비전 볼륨 높이는 소리, 코고는 소리, 불매 부는 소리, 입맛 다시는 쩝쩝 소리 등등 해방된 생활 하시라고.)

이게 화근의 시초가 되어 하루는 어머니 방문 고리가 다 부셔져 있었습니다. 어머님께옵서 청 테이프로 안방 문고리 안팎 끝으로 칭칭 동여매어 있었습니다.

"어머니 왜 이렇게 뿌러트렸습니까?" 하니 "너희 아버지한테 물어보라"고 하십니다.

"너가 집에 없으면 저놈의 영감탱이가 이렇게 문고리를 손으로 발로 다 때려 부숴 놓고 생 난리를 피운단다."

아니 내가 볼 때 어머님 젖가슴은 지금 축 늘어질대로 늘어져 저 밑에 배꼽 밑에 붙어 있는데 그걸 아버님께서 92살에 껄떡거린단 말인가?

아~아 드디어 나는 아버님의 횡포에 깊은 뜻(식지 않은 애정표현 그 사랑)을 눈치 채지 못한 아들(66살)이었습니다. 지금도 어머님 말씀으로는 밤마다 문을 살며시 열고 들어오신답니다. 그렇다면 "아버님 거시기(성기)가 92살에 생생하게 살아났단 말인지? 아니면 수술 후에 회춘을 했단 말인지? 요즘 도저히 감을 잡을 수도 없고 검증을 해볼 수가 없어 두 분께 여쭈어 보지도 못하고 '등신, 쪼다' 같이 눈치만 살피며 조, 석으로 조심조심 문안 인사를 드리면서 미소와 함께 생활하고 있습니다.

엄마(90)를 요양원으로 보내며
아들(70)은 한없이 울었다

유난히도 아침 기온이 따사롭고 맑은 날이었습니다. 저는 어머님(90)을 ○○○(Area) ○○○지역 방향(노인전문요양원)으로 승용차에 태워 고속도로를 출발하였습니다. 그동안 준비한 서류를(국민건강관리공단의 증빙서류) 챙기고 엄마의 고관절 수술 후 필요한 요양증빙서류(치매 판정 서류 포함)도 지참하여 출발하였습니다.

병원에 도착하여 요양보호사의 안내로 울 엄마가 음식과 환자 수발의 과정 등 병원환경들을 확인하고는 2인실 방에 모셨습니다. 엄마는 방에 들어서자마자 첫마디 말씀이 "야아 야~ 여기가 어디고? 저는 엄니의 그 말씀에 말없이 가슴이 찢어지도록 눈물이 왈칵 쏟아져 내렸습니다. 자식들 넷(아들만) 낳고 젖 물려 아프면 안 되고 다치면 안 되듯 낮과 밤을 구분 없이 자기 한 몸 돌보지 않고 키웠습니다. 선생님 소리 들어가면서 돈 벌어 대학 공부 시키고 짝 지어서 돈 보태어 집 사 주고 잘 살라고 격려하며 보내어 주었건만 이놈의 자식들은 그 엄니의 지극 정성과 은혜로움을 모르고 요양원에 보내려 왔다니...

　자식 하나 지금 당장 따사로운 안방 하나 마련 없이 1/10000도 도움 없는 자식들입니다. 저는 요양원에 모시는 게 생이별 하는 느낌이 들어 그저 요양원 방마다, 저의 발자욱이 가는 곳마다 눈물이 줄줄 흘러 도저히 거기 있을 수 없는 상황이었습니다. 연신 손수건을 아무도 안 보듯 눈물을 훔치면서 병원 관계자들과 절차에 따라 마치고 나니 함께 있을 수가 없었습니다.

　피와 눈물 희생정신으로 기른 정 고운 정 아낌없이 다 주시던 울 엄마였는데 4형제 아들놈들과 그 며느리들은 한 사람도 없고, 그 며느리들 손자 손주 특히 우리 엄니는 이 세상에서 제일 많이 사랑하셨던 막내아들의 손주놈들(직접 손주를 받아 씻기고 육아를 담당하여 중고등 학교까지 키움). 이놈들을 엄니는 치매기간이지만 찾고 있었습니다.

　우리 아버님 어머님은 처음부터 한결같이 막내아들 며느리만 생각하시어 10년 넘게 생활하셨기 때문에 큰아들+둘째+셋째는 제외하고 막내아들과 함께 계시다가 두 분이 나중엔 쫓겨나와 저희 집에 찾아와서는 "내가 너희 집에 같이 살면 안 되겠나?" 하시기에 그날 이후 큰아들 내외와 15년을 생활하셨습니다.

　이놈들아! (막내아들 손녀) 수진이냐~! 수연이냐~! 부르시고 이집 저집 할 것 없이 전부 자식들 저거 에미(울 엄마) 하나 편안히 모시지도 않고 아들 4마리 아무짝에 쓸모없는 놈들이 였습니다. 엄

마의 집도 아니고 요양원에 모시다니 오만가지 생각이 들어 제
일 큰 자식으로서 집으로 모시지 못한 죄 정말 불효라 생각되어
눈물로 주저리 주저리 써 봅니다.

뚱뚱보 울 엄니(90)가 홀쭉이로 변해놓고
막내아들 며느리 손주(2명)만 찾는다

얼마 전에 울 엄마에 대하여 ○○○지역 요양원 모신 내용을 말씀드렸습니다. 이후 몇 개월 저의 집사람하고 자주자주 찾아뵙고 어머님과 대화도 하면서 아주 몸 상태가 좋아 보였습니다. 그런데 하루는 담당 요양 복지(여성) 선생님께옵서 어머님을 병원에 입원시켜서 전체적인 몸의 상태를 점검 후에 영양상태가 안 좋으니 오늘 한번 와보라는 것입니다.

아~하 울 엄마가 뚱뚱보 스타일인데 이번에 살이 좀 빠지겠구나 하는 생각에 요양원으로 차를 몰고 갔습니다. 헌데 저보고 인사하시는 요양보호사가 주위를 쭈욱 둘러보니 15명 정도 계시는데 제가 물어보지도 안 한 말투로 공주사범대를 나왔다고 열 다섯분이 웃으셨는데, 그 미소 속에 약간 비아냥거림이 보였습니다. 저는 아들로서 생각컨대 고관절 부러진 휴유증에 와서 치매 증세로 울 엄마가 정신상태가 온전치 못한가 생각했습니다. 대략 15명~20명 요양보호사님들께 만나는 분마다 울 엄마가 자기 도취에 빠져 자랑 하듯이 했나 보다고 느꼈습니다.

그런데 요양보호자의 안내로 울 엄마를 쳐다보는 순간 홀쭉이가 된 모습이었습니다. 왜 이렇게 변했을까? 하는 순간 원장 선생님께옵서 ○○○어머님은 음식을 먹지 않는다는 사례를 말씀을 하십니다. 즉 곡기를 끊고 물만 먹고 계신다는 겁니다. 그러니 뚱뚱보가 홀쭉이로 바뀌어진 것입니다. 아들로서 왜 어머님이 곡기(穀氣, 음식을 끊는다는 뜻)를 즉, 단식으로 하는지 궁금하여 물었습니다.

"엄마~ 왜 밥을 안 먹고 음식을 가져오면 손사래를 하고 물만 먹고 그러느냐"고 하니 "시끄럽다, 이놈아!" 하시면서 막둥이 아들과 그 손녀 2명만 찾고 계셨습니다. 수진아~~수연아~!

저는 또 눈물이 났습니다. 그리고 막둥이(61살, 넷째) 한데 당장 전화를 했습니다.

"야! 인마야, 엄니가 너하고 너희(2명) 딸만 찾으니 얼렁 올라오너라!"

"네. 형님! 알겠습니다."

10년 넘게 손주 2명을 갓난아기 때부터 씻기고 먹이고 키워준 사랑의 힘이 지금 치매가 와도 극진히 사랑했던 자기 핏줄을 그리움으로 변하여 찾고 있었습니다. 저는 홀쭉이 엄마의 볼에 입맞춤을 하고 다음 번 막내 동생 올 때를 기다림과 함께 다시 올 것을 홀쭉이 엄마(90) 한데 저의 눈물을 감춘 채 희망을 주고 나왔습니다.

엄마는 날 기다려 주질 않고 가버렸다

어머님(90)은 늘 막내손녀들 잘 되길 바라시며
그렇게 평생을 짝사랑만 하셨습니다.
그리고 난후 2개월 후에 요양원에서 치매상태가 심하며 곡기를 끊어
위험하니 타 병원으로 모시고 가라고 하여 옮겼습니다.
헌데 울 엄니(90)는 하늘나라로 갔습니다.

　　오늘은 막내(61) 동생 내외가 왔습니다. 울 엄마(90)가 학수고대
하고 늘 막둥이만 찾아 혹 마지막 일지도 모르니 너희들 내외가
올라와서 요양원에 엄니를 찾아뵙고 마음을 위로하라고 했습니
다.

　　아침 일찍 강원도 방향으로 엄니 계시는 곳으로 가면서 미리
요양 보호사님들께 매일 엄니는 막둥이만 찾으니 오늘은 동생들
과 같이 간다고 하였더니 3층에 가족들이 함께 대화할 수 있는
방으로 안내를 해주었습니다. 3층으로 올라가면서 동생이 형님.
강원도에서 부산 내려가는 버스가 오후 3시~4시 밖에 없으니
일찍 내려가야 한다고 나에게 귀띔을 합니다.

　　나는 한참 멍해지기 시작했습니다. 엄마를 만나기도 전에 미
리 내려갈 준비를 하는 것이 섭섭합니다. 나는 처한데 넌지시 오
늘 엄마하고 막둥이 내외 상면은 좀 빨리 끝내고 동생이 부산 간

다니 그리 알라고 귀띔을 했습니다. 그러고 난 뒤 우리들은 요양보호사의 안내로 3층에 마련한 장소로 안내 되어 조금 기다리니 울 엄마(고관절)가 휠체어에 의지하여 오셨습니다. 그토록 보고 싶어 하던 막둥이 내외와 상면하는 순간, 눈물부터 글썽글썽 거리시며 막내며느리 손을 잡고 말 없는 눈물만 줄줄 흘리셨습니다. 그리고 손녀 수진이(25살)와 수연이(23살)를 찾으셨지만 보이지 않았습니다.(손녀 둘 아낌없이 키워 봤자 아무소용 없음.)

막내 동생이 그렇게 엄니를 만나고 2개월 후 요양원 원장님께서 다급하게 울 엄마가 곡기를 끊고 말없이 눈물만 흘리시는데, 굶어 몸 상태가 너무 말라 빨리 병원에 모셔야 된다기에 또 타지역으로 옮겼습니다. 그런데 그 병원에서는 전혀 먹을 수가 없는 모습으로 되어 각종 주사기로 튜브에 연명만 하는 모습으로 변해버렸습니다.

중간 중간 위중한 상태로 가끔 연락이 오고 2개월 지날 무렵 셋째 아들도 찾아왔지만 둘째와 막둥이도 없는데 오늘은 엄니가 위험하니 빨리 와보라는 초긴급 연락이 와 병원으로 서둘러 갔습니다. 도착하니 의사와 간호사 옆의 심장 체크기 모니터에서 띠~디~ 불안정한 소리가 났습니다. 심장의 자막 줄이 수평으로 가다가 높은 자리로 올라갈 때 엄마~~엄마 불렀지만 순간 찰라 심장 자막이 큰아들 목소리를 알아 들으셨는지 높은 자리로 잠시 바뀌었습니다. 저는 엄마의 눈을 까뒤집고 흔들고 만지면서 울고불고 벌떡 거리며 엄마를 외쳐 불렀지만 병실의 메아리만 되었고 옆의 담당 의사가 "운명 하셨습니다." 라고 저의 어께를 토닥거렸습니다.

　며칠 후 울 엄마는 아버님이 계시는 경기도 이천 호국원으로
모셨습니다.

90세가 넘으면 대소변을 잘 가리지 못합니다
- 96세, 91세 부모님

어머님 가신 자리마다 뒤늦게 문상 오신 세종대왕, 다보탑, 율곡 이이, 장판 밑과 서랍장마다 그 흔적들이 나와 자식된 저로써는 마음이 아픕니다. 특히나 마지막엔 치매가 오셔 가지고 힘들어 하시고 살아생전 남편한데 때깔 피워 단식 투쟁하여 뺏어낸 돈들, 그 출처를 물어 보시지도 않고 전부를 내주셨던 아버님의 배려에 살아 계실 때에도 치매가 있는 시간에도 자기 잘못을 후회하면서 아버님께 좀 더 잘해 줄 걸 생각난다고 말씀하셨습니다.

저는 연세 많으신 어른들께옵서 본인들 삶의 진정성과 정체성은 뭐 그렇게 개별적인 사안으로 깊고도 적나라하게 펼쳐보신 것은 아니라고 봅니다. 당시의 세대들이 대개가 그러하듯 오로지 자식을 위해 살으셨던 것 같습니다.

다만 생물학적으로 늙어버린 몸 자체에서 동적인 행동이 늦어

지니까 눈도 침침해지고 귀도 먹먹해지고 잘 들리지 않고 음식을 먹어도 소화도 잘 안되며 웃음도 별로 없으시고 그저 무표정했다고 말씀드릴 수 있습니다. 즉 남들이 볼땐 얼굴에 표정은 없어 보이고 주름은 골이 패이듯 침팬지처럼 무표정하지요. 그 다음 맛난 것 있으면 먹고 싶다 하시고 배설물 나오는 시간에 괴로워 좌약을 엄청 자주 구입하여 사용하다 보니 항문에서 나중에는 배설물이 나오지 않아 괴로워 자식들 하고 마주 않는 자리마저 피해버리죠.

왜냐면 좌약을 오래 사용하면 완전히 막힌 것이 아니고 서서히 조금씩 배설물이 나오니 옆에 있는 사람의 코를 엄청 자극시킵니다. 그러니 본인이 미안해서 주위 자리를 떠나서 있는데 그곳이 본인의 잠자리 쪽 방으로 향하니 아들 며느리 쪽에서는 늘 주변에 냄새가 진동을 칩니다. 우선 냄새가 진동을 하니 정신력으로 버티며 그 부끄러움을 피해서 때론 안 먹으려고 몸부림을 치지요. 먹게 되면 배변과 소변만 나와 본인 스스로 처리할 능력이 안되니 그 행동을 자식들 한데 보여 주지 않으려고 늘 신경을 곤두세워야 하니 그것 또한 스트레스입니다.

어두우면 자고 밝으면 일어나는 피동적인 삶이 연속으로 몸 전체가 늙으면 우선 기동성이 없어지고 활력이 떨어질 수밖에 없습니다. 그냥 날 죽여라! 하고 멍하게 계시는 거지요. 그러다가 "엄마, 똥 샀나?"라고 눈치를 주면 더더욱 말없는 상황으로 전개 되지요.

특히 연세 많은 분들의 인생사를 나이 어린 사람들이 들추어 내는 것은 매우 힘이 듭니다. 그러다 보니 자연히 아무런 대꾸 없이 벙어리가 됩니다. 즉 몸뚱아리가 점점 먹지 않아서 죽는 게 아니라 몸 안 각각의 세포들이 생명력이 다하여 먹지 않는 것 입니다. 부분 고장들이 나서 자연히 죽음을 맞이하기 때문입니다. 모르는 분들은 우선 보는 순간 호스를 끼우고 음식을 투입하기도 합니다. 우선은 살아 계시니까요. 그러나 실체적인 몸의 각 기능은 폐쇄되어 받아주질 않는 곳과 받아주는 곳이 뚜렷이 구분이 됩니다. 그러한 부모의 모습을 보는 저는 거저 안타까울 뿐 입니다.

노노老老
부양扶養   하 태 수 · 수필

제2부

농투성이의 시골이야기

포도똥세

　우선 제목부터 이상하다라고 생각 할 것 같아 부언 설명이 필요할 것 같군요. 포도똥세란. 포인터+도사+똥개+세퍼드=4마리 개(犬)의 종류별 이름을 머리글자만 따와 제가 붙인 이름입니다. 왜냐면 이웃집에서 똥개 암놈을 묶어서 키우다보니 발정이 오면 온 동네 수캐는 한 번씩 낮이나 밤이나 싸우고 난리가 납니다. 그리고 3개월 정도 되면 어떨 때는 4마리 그다음 해는 8마리 이렇게 몇 년간을 아비도 모르겠고 똘똘한 강아지들이 우리 마을에 한철 빤짝거리다가 겨울철이 되면 사라져버리는 것이지요.

　구입경로는 시골동네에선 이웃과 이웃 간에 돈거래 없이 누구 집에 새끼를 많이 낳으면 한 마리씩 나누어 주든지 아니면 요즘 개 장사꾼들이 스피커 달고 개삽니다, 강아지 삽니다 라고 외치고 골목골목 시골마당 근처에 오면 강아지를 몽땅 팔기도 하고 아니면 마을 청년들은 조금 키워서 여름에 다리(교량) 밑에서 가

마솥에 몸 보신탕으로 잡아먹기도 하지요.

우리 집 돌이는 바로 옆집에서 다 죽어 가는 것, 축 처져 있는 새끼 강아지(수놈)를 쓰레기장에 버린 것(생명)을 주워다가 집 닭장 양철 지붕 위에 올려놓고 죽으면 죽고 살면 살고 햇볕이 따뜻할 때 양철지붕 위에 타올 한 장 덮어주고 닦아주고 심장을 약간 눌러주고 저의 입술로 입맞춤하여 인공호흡 시켜주고 하여 한 시간 후에 꼼지락 꼼지락 그리며 살아나서 제가 지금껏 키운 놈 입니.

그래서 저의 어머님께옵서 "돌이"라는 이름을 붙여주어 같이 살아가고 있는 믹서견(犬)입니다. 현재 나이는 대략 3살 정도. 돌이의 특징은 전체 몸 색상은 붉은색 도사견(犬)과 포인트 견(犬) 얼룩무늬가 있습니다. 귀모양은 작은 진도견(犬)처럼 작습니다. 주둥이는 세퍼드(犬)와 같이 길죽하게 튀어나왔습니다. 체격은 일반 동네 똥개 체격입니다. 아무거나 주면 잘 먹습니다. 아이나 어른들에게는 늘 꼬리를 흔듭니다. 돌이의 성장 과정의 환경은 저의 집 마당이 넓어(약 400평) 대청마루 밑에 짚이나 가마니 지푸라기 등 헌 옷가지(런닝구 팬티 떨어진 것) 등 넣어주면 사시사철 거기에서 생활합니다. 요즘같이 제가 경운기를 몰고 마을 어귀에 들어서면 돌이(포도똥새)가 귀신같이 알고 마중나와 꼬리를 흔들며 제일 반갑게 뛰쳐나옵니다.

그러면 저는 밀짚모자를 벗어들고 돌이 보고 "물어! 갖다 놔!" 하면 돌이는 곧잘 모자를 대청마루에 갖다놓습니다. 강아지 땐 하도 신발을 물어뜯고 난리를 피우기에 저의 면티 런닝셔츠를

360도 둥글게 공모양 만들어 "물어!" "놔!" 하면서 교육이라고 할까? 잘 물면 머리 정도 쓰다듬어 주기도 하고 소주 먹다 남은 안주(오징어 다리)를 주면 제일 좋아합니다. 조금 특별한 것은 언제부턴가 논이나 밭에서 일하다가 참(음식)을 먹고 남은 것을 그대로 두고 가면 돌이가 먹지도 않고 멀거니 쳐다보고만 있어 나머지 음식을 먹으라 하면 그제서야 먹기에 이놈 참 신통하다고 가끔 느끼고 있었습니다.

때론 일이 바빠서 잠시 자리를 떠나, 아주머니들 풋앗이값 일당 주고 고추밭일 시켜놓고 조금 멀리 산 밑에 가면 "기다려!" 저 혼자 중얼중얼(잘 지키고 있어..) 나중에 갔다 오면 기가 막히게 경운기 옆에 딱 엎드려 주위에 아무도 얼씬도 못하도록 훔쳐 가는 행위를 완전차단 앞발로 모아 땅을 향해 경운기 주위를 으르렁 으르렁 거리며 지키기도 했습니다.

헌데 하루는 저의 마을에서 좀 떨어진 곳에 약수터가 있는데, 요즘은 주위에서 아침 등산복장으로 소형견 한두 마리와 물통 들고 약수터에 오시는 분들도 있는데 보통은 50 미터 주위 주차장이나 산 언덕에 개를 묶어놓든지 아니면 승용차에 개를 넣어 놓고 물을 떠갑니다. 그런데, 대략 월화수목 아침 시간 때(새벽 6시~8 주말은 새벽 6시~9시)에 큰 개를 끌고 올라오는 남자가 있었습니다.

개 줄을 보니 거짓말 보태어서 저의 팔뚝 굵기만 한 개 줄에 종류는 침물을 질질 흘리고 인상이 쭈글쭈글하며 주름살이 넓고 머리 크기가 엄청 큰 대형도사견 같았습니다. 이 개만 나타나면 남녀 할 것 없이 물통줄이 질서가 무너집니다. 체격이 엄청 크기에 위협적으로 느껴져 첫째 여성분들은 엄마야! 하는 분, 아이고 어머나! 하시는 분 등 약수터 주위가 갑작스럽게 어수선해집니다.

남자 분들 특히 40대 50대 분들은 와! 개 좋다 멋지다! 그러면 이 개주인은 머리에 올려진 선글라스 광채에 빛을 내면서 요상한 승리자의 미소로 있는 폼 없는 폼 다 잡아 약수터 주위 작은 개 주인들 중강아지 주인들 애완견 없이 오신 분들 앞에서 우쭐대고는 담배 한 대 물고 유유히 연기를 뿜으면서 사라집니다.

저는 이 약수터에 자주 갈 일이 없습니다. 왜냐면 집에서 물을 먹는데 간혹 부모님께서 찾으실 때나 외부 손님들 오실 때나 가끔 가는 편입니다. 그러면 저의 돌이도 졸졸 따라갑니다. 그러면 주위에 민폐를 끼칠까 봐 돌아 저만치에 기다려 하면 꼼짝 않고 기다립니다. 그런데 지난 어느 날 8월경 여름에 4,50대 젊은 분들 중에 5~8명 정도 면식은 있지만 자주 안 보이는 분들이 "형님, 외람된 생각입니다만 형님 개 파세요. 똥개가 누런개 약개입니다." 그래서 난 "그냥 집에서 논밭으로 집 지키는 개입니다."라고 답했습니다.

그때 "앗!" 그 대형견 주인이 시커먼 선글라스를 쓰고 팔뚝만 한 개목걸이를 한 대형 '도사견'이 내 앞에 딱 와 있었습니다. 그가 내뱉는 말 "아저씨, 그 똥개 하고 우리 개 하고 싸움시켜서 지면 제가 아저씨 개 값 3배를 드릴 테니 한번 싸움 붙여봅시다."라는 겁니다. 아~아~ 아무리 자기가 좋은 개(천만 원짜리)를 키우기로 서니 남을 이렇게 무시할 수 있을까? 엄청 자존심을 상하게 말을 할까? '똥개'라고 무시하는, 업신여기는 말투로 저에게 내기를 걸더라고요. 남을 얕잡아 깔보는 듯한 말투에 속이 뒤집어질듯 했습니다. 이때 잠시 생각 없이 '돌이' 곁으로 가니 돌이가 짖고 울고 소동을 피우기에 가만히 '돌이'의 눈빛을 보니 새파란 불빛이 으르렁거리며 서로 잡아먹을 듯이 노려보며 싸우려고 덤벼들려고 하는 게 아닌가요.

그때 젊은 분들이 "형님 개값 조로 20만 원 보신탕으로 하고 싸워서 형님이 이기면 가져 가시고, 만약 지면 어떡합니까. 할 수없이 보신탕으로 하시죠!"라고 부추깁니다. 개(犬) 싸움을 앞에 두고 말 못하는 '돌이'를 보고 너 싸워서 이길 수 있느냐? 하고 목걸이를 잡으려니 돌이는 벌써 탁 뛰쳐나가려는 것이 아닌가요! 남녀노소 할 것 없이 빙 둘러 모인 싸움의 링 사각(아침 등산오신 손님. 물 뜨러 오신분. 산길로 스치며 가는 분 다 보는 앞에서) 이 저절로 만들어져 버렸습니다. 저는 혹 돌이의 죽음이 나로 인하여 생명을 잃어버릴 수밖에 없는 처지에서 돌이와 무언중에 대화를 하고 우리 집 노년의 삶에 대한 자긍심을 갖고 똥개(포도똥세)의 명예를 걸고 목줄을 풀었습니다.

그리고 저는 "돌아! 물어! 물어! 쉿! 쉿! 쉿! 물어! 물어!"를 하면서 펄쩍펄쩍 논두렁 밭두렁 싸움장에서 돌이를 응원하였습니다. 얼마의 시간이 흐르고 누구의 개인 지도 알 수도 없는 논밭에서 피투성이가 되어 한 마리는 무엇인가 물고 있고 한 마리는 축 늘어졌는데 그 옆에 개창자 내장이 피와 함께 쏟아져 나와 있었습니다. 가까이 무서워서 아무도 갈 수가 없을 때 "앗!" 돌이가 상대방 사타구니(제일 부드러운 곳)에 창자를 물고 피범벅이 되어 미친 듯이 흔들고 있었습니다.

아~아 저는 돌이에게 "놔! 놔!" 소리를 깜박 잊어버리곤 늦게서야 큰 고함으로 "놓아! 놓아! 놓아!" 소리 지르니 돌이가 온몸에 찢어진 상처투성이로 다리를 약간 절룩거리면서 가슴에 와락 달려와서는 승리의 기쁨으로 안겨 내 얼굴에 피묻은 Kiss로 연신 지 머리를 들이밀고 비비고 간지럽게 핥고 있는 게 아닙니까. 그 순간 울컥 울컥 저의 눈물이 하염없이 두 뺨에 미끄러져 내리고 있었습니다.

며칠 후 시간이 지나고 안 사실은 그 죽은 개(도사견)는 하루 종일 창살에 가두리 된 견사(집)에서 개 사료만 받아먹고 큰 비만형 개였고 우리 돌이(똥개)는 우열잡종으로 어릴 때부터 주인의 다 떨어진 런닝셔츠 뭉치로 딱 2가지 "물어!" "놔(놓아)!" 교육으로 강아지 때부터 물면 절대 놓지 않는 근성으로 대롱대롱 모가지가 아프도록 매달리는 집념과 튼튼한 이빨의 강인성, 주인에게 목숨 거는 복종심이 강한 개였던 겁니다. 늘 따뜻한 사랑으로 무언중 대화로 길들여진 돌이는 짬밥으로 평소에 작은 손수레에 자유와 사랑을 싣고 때론 어린 손자 손녀가 몰고 가도 근육으로 단련된 체력 3년째 길들어진 결과였던 것이었습니다.

그리하여 저는 이놈 똥개(돌이)가 죽어도 잊지 못할 것 같고 훗날 이별이 오면 너무 가슴이 아파 詩 한 수를 지어놓았습니다.

돌이

줄줄이 태어나는 새끼강아지
어미는 하나하나 하얀 보자기 뜯어 터트리면
낑낑대는 신음 소리 하늘은 안다

우두커니 개집 앞에선 태양 오후 한때 긴장하고
3시간여 진통 끝에 태어난 10마리 중 9마리
세상구경 하는데 태반을 벗지 못한 한 놈
배설물 뒤집어쓴 채 축 늘어진 몸뚱어리
검은 그림자 찾아올 때쯤
하얀 보자기 벗기지 못한 어미 싸늘하게 식어가는
새끼 1마리 물고 안절부절 못하다 나를 향해
철 잃은 슬픈 눈 맞춤하더니 쓰러진다

차가워진 탯줄 잘리고 전쟁이 끝난 지붕에 올려진
그놈 밥그릇에 걸린 햇살과 입맞춤하더니
심장의 박동소리는 쭈그러진 양철지붕을 두드린다

꼼지락거리던 돌이의 울음소리
빈 헛간 지키다가 산길 따라 들길 따라 메아리 되어 노을 이
오면
저 언덕배기 경운기 소리에 오늘도 마중 나온다.

사바골과 실천하는 효의 사상

이야기는 제 고향 근처인 경상북도 영천과 기계, 안강, 포항지역에서 있었던 이야기를 짧게 요점만 간추려서 말씀 올립니다. 때는 1969~1973년도입니다. 이 사바골이란 곳의 마을은 제가 총각 때 군 관련 업무관계로 읍·면소재지에서 출퇴근하였는데, 생활이 너무 불편하여 아예 그 마을 촌집에 1년간 투숙하기로 마음먹고 물색하던 중 돌쇠와 억순이네 집에 호롱불과 군불 때는 꼴방(흙집)에서 생활을 하게 됩니다.

헌데 이 집안의 가족구성원은 그 당시 할아버지(대략 89살)＋할머니(88살)＋아저씨(50대)＋아주머니(50대)＋집아들/돌쇠(초등학교)＋딸: 억순이(20대) 이렇게 기억됩니다. 마을에 살고 있는 세대수는 뜨문뜨문 흐트러져 있는 초가집과 스래이트집 합하여 10여 가구 정도였습니다. 빈농(농업)은 쌀. 보리. 고추. 옥수수. 감자. 마늘 등등으로 생활하고 있었으며 마을엔 전깃불이 없었습니다. 다른 곳에는 새마을 운동으로 전기가 들어왔는데 이 마을은 너무나 오지인지라 차일피일 미루어둔 호롱불 마을이었습니다.

읍 소재지와 면 소재지 방향으로 나가려면 산 고개를 아홉 번 넘어가야 하는데 5일 장날에는 아예 아침부터 아버님의 나까오리 모자(퇴색)와 두루마기 옷은 며느리의 몫으로 깔끔하게 출타 준비가 분주합니다. 때는 여름입니다. 5일 장날 소(우시장)전에 둘러 자기가 팔아야할 소는 없는데 괜스레 남의 소 궁둥이를 딱 2번 정도 치면서 "어험, 그놈 궁둥이 좋다." 그리고 소 주둥이를 힘껏 치켜 까뒤집어 이빨을 보려고 하면 소 주인이 소보러 온 사람인가 싶어 "막걸리 한 잔 하고 가셔요."라며 잔을 권하기 일쑤입니다. 그렇게 우시장 한 바퀴 돌고 나면 돈 한 푼 안 들고 술이 거나하게 취기가 돌아 나까오리 모자가 노을에 물들면 삐딱하기 시작하지요.

서산에는 해가 뉘엿뉘엿 질 무렵 집으로 귀가를 해야 하니 5일 장날 파장시간에 꽁치 '떠리미'하는 곳에서 새끼줄에 매달린 꽁치 1줄(좌측 10마리 우측 10마리) 20마리를 움켜쥐고 아홉 고개를 넘어옵니다. 집에서는 아들과 며느리가 아버님의 때늦은 귀가에 온 집안 식구가 안절부절 못하다가 호롱불을 들고 마을 어귀를 지나 첫 고개 입구까지 아버님 마중하러 나갑니다.

여름의 산중날씨는 눅직하게 차갑습니다. 아무리 기다려도 아버님은 오시지 않아 세 고개 넘어갈 무렵 하얀 도포 자락의 옷고름이 야밤에 펄럭펄럭 거리기에 아버님 하면서 달려가 부축을 하니 아버님 왈 "여기 꽁치(고기) 구워 가지고 우리 손자 돌쇠도 주고 손녀 억순이도 먹이라." 하십니다. 헌데 꽁치는 한 마리도 없고 빈 새끼줄만 주시니 아드님은 그래도 아버님 분부대로 하겠습니다. 라고 대답하고는 집에까지 모셔 두고 재차 다시 호롱불을 밝혀 아홉 고개의 아버님 흔적을 찾아 꽁치 찾아 10리 길을 나섭니다.

아무리 찾아도 꽁치 20마리는 아홉 고개를 다 흔들고 다녔기에 찾을 수가 없었고 근근이 술에 취한 꽁치 3마리만 찾았을 뿐이었습니다. 부모님의 말씀을 하늘과 같이 생각하는 돌쇠 아버지와 한집에서 생활하면서 꽁치 1마리 중에 꽁치 한 입을 겨우 아침밥상에 먹었지만 참 인상적이었습니다. 2번째 사건이 또 하나 생겼습니다.

그 당시 도시에서는 '아이스케이크'라는 얼음과자를 늘 자주 보아왔지만 산골에선 찾아볼 수가 없었습니다. 돌쇠가 학교를 마치고 집으로 올쯤 동네 산골에 작은 손수레와 어깨에 나무통으로 둘러맨 아이스케이크 장사꾼이 처음으로 아홉 고개를 넘어 집집마다 기웃기웃 거리면서 헌책+못쓰는 양푼이+고무신 떨어진 것+놋쇠 깨진 것 등등으로 아이스케이크와 물물교환으로 바꾸어 먹으라고 고래고래 외고 다녔습니다.

그때 돌쇠 할머님은 손자(돌쇠)를 주기 위해 놋쇠요강 깨진 것 주고 제법 많은 아이스케이크를 바꾸고 잔돈도 몇 푼 받아왔습니다. 보관할 곳이 마땅찮아서 아이스케이크를 소죽 끓이는 큰 빈 가마솥 안에 넣어두고 솥뚜껑을 닫아놓았습니다.

돌쇠가 학교(분교)를 마치고 보자기에 쌓인 몽당연필 1자루와 노트. 헌 교과서 두 권을 꺼내고자 보자기를 휙휙 돌리고 있을 때쯤 할머니는 갑자기 돌쇠 손목을 잡고 부엌으로 가서 솥뚜껑을 열었습니다. 순간 아이스케이크는 꼬챙이만 12개 남아 있고 물만 고여 있으니. 갑자기 할머니는 며느리가 일하는 밭으로 뛰어갑니다.

다짜고짜 며느리 머리채를 움켜쥐고 "야, 이 년아, 내가 니 새끼 줄려고 넣어놨는데 니 년이 다 빨아먹고 나무 꼬챙이만 놔두다니 에이 더러운 년."하고 욕을 해댔습니다. 이렇게 2번째 사건이 발생했지만 그 자리에 있던 며느리는 어머니(약한 치매)한데 대꾸 한마디 없이 "제가 어머님! 잘못했습니다. 용서하십시오." 말할 뿐 한마디 변명도 없이 울고 있었습니다.

요즈음 효를 이야기하면 옛날이야기로 치부 하거나 구시대적인 유물로 생각하는 경향이 많지만 우리나라 효사상이 으뜸인데도 근본을 모르는 아이들이 우리사회에 너무 많아지고 있습니다. 세월이 흘러흘러 제가 그 지방의 소식을 물어보니 그 돌쇠는 대통령상을 받은 효자 마을의 이장님이 되었고, 할아버지 할머니를 극진히 모셨던 두 부모님을 모시고 재미있는 삶을 누리고 있었습니다.

가짜 아버지의 부성애 父性愛

내 나이 70살에 55살 넘게 보이는 아들이 있습니다. 신상으로 따져보면 15살에 만들어야 하는데 가짜 아들이다 보니 이놈은 갑자기 자기 자신이 태어나서 아버지라고 불러본 경험이 없으니 나를 아버지라 부르고 싶다 하니 극구반대를 했으나 동네를 다니면서 희죽희죽 웃으며 "아바디" "아바디" 하면서 때론 부끄러운 짓거리로 나팔 불며 다니니 때릴 수도 없고 그 참 그렇게 그냥 방심 속에서 그놈이 부르는 데로 저는 "아버지" 되어 있었습니다.

사실 그 아들은 마을에서 궂은 일을 시켰으면 품삯으로 3만 원 정도, 밭에 일을 시키면 담배 막걸리 하루 품삯으로 목돈을 주기도 하였습니다. 또 기초생활보장 수급자로 있다 보니 읍면에서 기초생활비까지 나와 시원찮은 50대 임에도 짭짤하게 수입이 있습니다. 그래서 일거수 일투족 조금씩 관심을 두고 물어보고 하다 보니 아들이 지적장애인임을 늦게야 알았습니다. 그동안 좀 시원찮다는 생각만 했지, 장애가 있다고는 생각하지 않았더랬습니다. 오늘 제가 말씀드리는 아들(이름: 병승)의 행동 중에 정상적인 사람과 비정상적인 사람과의 교감 중에서 문제가 된 사실적 사건 하나를 말씀 올려 드리겠습니다.

사건 하나: 하루는 오후 늦은 시간에 아들이 찾아와서 다짜고짜 "아바디" 하면서 울고불고 눈물 콧물 흘리면서 "아바디, 저는 절대로 젖가슴을 만져본 적도 없고 다방 아가씨 팬티도 가져가질 않았습니다." 라고 입가에 거품을 묻혀가면서 내가 물어보기도 전에 도저히 앞뒤가 무슨 말인지 횡설수설 합니다. 아바디 아바디를 부르고 매달리면서 경찰 지구대에서 잡으러 왔으니 아버지가 못 잡아가게 해달라는 것입니다. 우선 아들(병승)을 진정시켜야 대화가 될 것 같아 방으로 데리고 들어가 옛날 군 시절에 배운 육하원칙 중에 언제, 어디서, 누가, 왜 무엇을, 어떻게, 대충 물어 보고 적을 것 있으면 메모도 하고 커피 한 잔을 먹여가면서 "걱정하지 마라. 아버지가 해결할 테니 아버지를 믿어라 알았느냐!" 하는데 지구대에서 순경 한 사람이 찾아왔습니다. 이 집에 지구대에서 도망간 병승이를 찾으러 왔으니 있으면 내보내 달라는 이야기였습니다. 할 수 없이 가짜 아버지로서 순경 앞에 우리의 관계를 이야기해주면서 "우리 아들(병승)은 절대로 그 다방 아가씨 젖가슴을 만져본 적도 없다고 하고 팬티도 안 가져갔다고 합니다. 저는 이놈을 믿습니다." 라고 하니 순경은 "일단 조사를 해봐야 하니 지구대로 가시죠!" 합니다.

이렇게 하여 아들은 지구대 안으로 가고 나는 제삼자이므로 밖으로 나가 있으라 했습니다. 자초지종 사건은 이렇습니다. 아들(병승)은 시내 여인숙에서 월 20만원 주고 방(1인용)만 빌려 잠만 자고 있는데 이곳에서 다방 여자가 강제로 위협적으로 강제추행을 당했으니 그 피해만큼 배상을 해야 한다는 사건이었습니다. 그 증거가 브래지어와 팬티가 없어졌다는 것입니다. 지구대(파출소) 경찰이 조사하는 상대방 다방 여자 진술을 보니 기가 차고 머리가 띵하여 이걸 어떻게 해야 하나 고심 중에 바로 앞 진술을 쓰고 있는 곳에 가서 아들을 쳐다보니 바짝 겁먹은 얼굴에서 눈물만 글썽글썽 거리면서 "아바디, 아바디, 저는 안 그랬어요!"를 반복적으로 말하며 바보의 울음을 내 뱉고 있었습니다.

그런데 경찰의 진술 받는 내용에 약간 문제가 있어 보였습니다. 아들 보고 "야! 임마, 브래지어 팬티 어디 숨겨 놓았어? 우선 이것부터 이야기해!" 이렇게 윽박지르고 있었습니다. 이놈(아들)은 울면서 "몰라요! 몰라요!" 연신 울면서 씩씩거리더니 앉은 의자를 집어던지고 다방여자 팔을 잡고 죽여 버린다고 소란을 피우니 고성방가 및 소란행위 죄가 추가 적용되어 쇠고랑을 채워놓고 포승줄로 묶어버렸습니다.

이때, 늘 평소에 상대가 누구든 조금 친한 사람이면 통장에 돈 많이 있다고 자랑하는 놈이라 혹시나 하여 아들한테 가서 귓속말로 물어보았습니다. "너, 저금통장 어디에 두었느냐? 숨겨놓았느냐?" 라고 물었습니다. 순간 "아바디, 저 가시나"가 보여 달라고 해서 보여주고 장판 밑에 숨겨놨다고 말을 했습니다. 그래서 나는 아들(병승)보고 알았다. 다방 아가씨가 우리 아들 저금통장을 어떻게 알았을까?를 순경에게 말을 전하여 현장검증을 시행하기로 하여 주민 몇몇이 입회 하에 확인해본 결과 저금통장과 도장은 다방 방구석 화장대에서 브래지어와 팬티는 아가씨 옷장에서 나와 모든 사건이 마무리 되었습니다.

　지적 수준이 떨어져 있는 아들의 순수한 마음을 짓밟고 마음에 상처를 준 정상적인 사람들의 한 단면에서, 비정상적인 장애인의 삶의 순수성에 답답한 눈물이 흘러내렸습니다. 오늘 아침에도 "아바디, 아바디" 하면서 입가에 침을 흘리면서 나를 등 뒤에서 끌어안고 "아바디, 아바디" 하길래 "오냐! 우리 아들(병승) 왔느냐!"며 따뜻한 겨울날의 햇살과 미소로 아들을 살포시 보듬어 봅니다.

임마! 벌써 고추가 고장 나면 우짜노 !

한때 집구석에 마누라 놔두고 잠시 한눈을 팔고 남의 여인인지 임자 없는 여자 인지 잘 모르면서 괜시리 꼬드겨 무책임한 사랑의 스토리를 엮어 보려고 어리석은 행동을 꿈꾸며 들어대던 적이 있다. 가만히 생각해보면 특별히 성적충동이 그렇게 활발하여 집에 있는 마누라가 늘 상대해 주는 성적 힘이 남아돌아 남의 여인을 훔쳐보려고 했던 것은 아닌 것 같다. 타인의 여인과 함께 엄밀한 곳에서 술도 한 잔 하고 손도 잡아보고 미소도 주고 받았으면 하는 생각은 우리 집 사람이 싫증이 났다거나. 권태가 있었다거나도 아니고 그 당시 생각을 기억해보면 단 한 가지 숫놈이란 것뿐이다. 요행이 소개를 받다 보면 엄청 재수 좋게 임자 없는 과부댁을 만난다면 기분이 째지게 좋을 것 같은 홀가분한 기분 때문이었다. 헌데 남편이 있는데 멀리 외국에 나갔다거나 아니면 끼가 있어 남자들 하고 술 한 잔 하면서 시시콜콜한 이야기로 눈웃음치는 여인과 대화를 나눈다는 것은 좀 위

험한 발상으로 도덕적 윤리적 찝찝한 기분이라서 사회적으로 제 교양과 더불어 굉장히 조심스럽게 처신 하는 바람에 이루어지지 못했다. 특히 성격상 임자 있는 여자는 절대로 건드리지 않는 마음가짐은 머슴아 생활에 신조로 삼고 아무리 술이 떡이 되고 여자가 유혹 해도 거리감을 두고 정신력으로 버티어 왔다.

그러다 보니 세월이 60대 지나서 지금 막 70대를 살아가면서 어느 날 기억으로 늘 가는 다방 친구들 사무실, 자택 등등 모이게 되는데 ○○(하태수)는 고자라는데. 남자 구실도 못하고 담배도 술도 못 먹고 무슨 병이 있는지 감각이 없는 사람이라고 소문이 났다.

특히 친구들 사무실에는 또래 친구들이 모이는데 과거 공직자, 법조계, 박사, 작가, 농사꾼, 선생, 정치가, 의사, 약사, 부동산 업자 등등 다양한 친구들의 모임으로 매일 아침에 바쁘지 않는 우정들은 우선 출근하여 퇴근 시간까지 각자 볼일도 보고 난 후 사무실 여직원(아르바이트생)에게 연락을 하고 퇴근을 한다.

너무나 윤리적으로 도덕적으로 교양과 체면을 중시하며 커나가는 자식들 때문에 성적인 것은 참고 참고 또 참고 생활하다보니 무감각 해지는 생활이 꽤 오래된 것 같다. 이렇게 지나온 어느 날 친구 사무실에서 전화가 왔다.

잠시 나와보라는 것이다. 저녁 8시경 사무실에 나가니 웬 여인이 미소를 머금고 쇼파에서 일어나 다소곳이 인사를 올리는데 난 그저 목례만 하였고… 얼마나 시간이 지났을까 소개를 한 친구는 가버리고 단둘이서 일단 식사를 하기로 하고 승용차에 여인을 태우고 식당으로 가려는데 그 여인은 시 외곽으로 가시면 안 되는냐고 물어왔다.

오늘 따라 행복과 불행이 매 시간마다 두근두근 수십 번씩 마음속으로 나들이를 왔다가 잠시 멈춰 서 있다. 담배(40년 넘게 피움) 끊은 지가 5년. 술(술 주량 안동소주 2병 정도) 끊은 지가 5년 되어 참말로 그 스트레스는 이루 말할 수 없이 크다. 여기에 시험대에 올라 앉은 저는 이 여인과 하룻밤 풋사랑을 하게 되는 데. 오래간만에 안 먹던 양주 '시바스' 2병을 홀짝홀짝 먹다보니 이 여인도 와이래 더워요. 하면서 윗도리 옷을 벗었지만 그 젖무덤은 시바스 병 마개로 보이고 날은 점점 밝아오면서 잠이 들었다. 잠이 깬 이후 그 여인은 온데간데 없고 사무실로 가보니 친구들이 삼삼오오모여 "임마는 맛이 갔네! 아이고 xx야! 임마! 꼬추가 벌써 고장나면 우짜노!(친구들의 우정 어린 한마디) 임마가 병신 다 데뿐네. 아가 맛이 갔구만은……" 순식간에 주위 친구들 한데 고추가 100% 기능상실된 고장 난(지금까지) 놈이 되어버렸다.

그렇지만 오늘 현재시간까지 나의 거시기는 일주일 내지 조시(ちょうし)가 좋으면 열흘에 한 번씩 딱 한군데 지조 있게 작동이 잘되는 건 친구들이 모르고 있고 지금까지 우리 집 할망구하고 고장 난 일이 없어 우정 어린 친구들의 도움, A/S(after service) 받을 필요가 없었다.

쪼다 할아버지
- 나이 들어 신경 쓰이는 각종 모임 탈퇴

70세 나이에 이런 조직 저런 조직에서 취미생활이든 돈벌이든 그 조직 내부에서 어떤 직책을 맡아서 처신해야 하는 것을 저는 사양했습니다. 이유는 간단합니다. 이젠 신경 쓰는 일을 하고 싶지 않습니다. 왜냐면 첫째 타인들과 사이좋았을 땐 문제가 없는데 꼭 직책과 직무 때문에 인간관계론이 싸워야 하고 신경 쓰이는 일들이 너무나 많아 서로서로 서먹서먹한 분위기와 잘못된 판단으로 한 사람의 과거와 현재를 놓고 싸워야 하니깐요. 전 이런 행동들이 이제는 갑론을박하는 신경전과 논리적으로 따지고 싸워서 승리하는 듯한 삶의 방식 틀에서 벗어나고 싶습니다. 특히 과거의 인생 경험으로 회장. 사장(대표이사). 지부장 감사. 사무장. 총무. 자문위원. 도 위원. 시간강사. 고문 등등 사회생활 속에서 내로라하는 직분과 직책들을 가지고 움직이다 보면 아직 나이로 보아 각종모임 행사 건으로 조금 신경을 써야 하는 일들이지만 지금 저 나머지 인생사에 신경 쓰고 싶지 않다는 것입니다. 아침나절. 저녁나절 그 인연 때문에 때론 전화도 오고 상담도 하고 하다 보면 지쳐버리게 되고 득실을 따져 봐도 아무런 도움이 되지 않습니다. 특히 인사 청탁 건, 민, 형사 소송 건은 도리어 상대방 인격을 거론하게 되고 과거를 추적 60분 하게 되고 저의 논리에 맞도록 유도하는 듯한 착각에 빠져 저의 주관적 관점을 내포하는듯한 언어 구사 표현을 사용하고 보니 저는 이런 행동으로 나머지 삶을 생활하고 싶지 않아 오늘 과감하게 70세 나이에 각종 모임 단체 및 직책과 직분을 내려놓고 반납 탈퇴했습니다. 심지어 계중 모임 중 종친회 모임까지도 사양하고 보니 홀가분합니다. 혹 여기에 계시는 삶의 방에 여러 님들은 어떠신지요! 여쭈어 봐도 괜찮으신지요? 오늘 하루는 저... 할머니 궁둥이만 졸졸 따라다녔습니다. 아무런 힘도 없이. 히죽거리며 칠푼이 와 팔푼이처럼, 멍청 한 '쪼다' 할아버지 되렵니다.(나중에 카페가입 건 포함)

*쪼다: 제 구실을 못하는 좀 어리석고 모자라는 사람을 속되게 이르는 말

'띨방이 와 띨순이'는
약봉지 바꾸어 먹어도 살아 있다

부부간에 아프다 보면 똑같이 아침 먹고 20~30분 후에 숭늉한 사발 먹을 때쯤 약을 각각 1봉지씩 가져다 놓고 TV를 보다가 각자 자신의 약을 입안에 틀어넣는다. 헌데 요즘 정신이 없는지 둘 다 멍청해서 그런지 약봉지를 갖다 놓고는 서로가 자기 약봉지를 확인하지도 않고 입안에 털어 넣고는 앗! 우야꼬! 당신 약을 내가 먹었는데 어떻게 해요. 이러니 이 할망구가 지정신이 있는 사람인지 없는 사람인지 도무지 이해가 안 간다. 그래서 내가 "어이 여보! 저기 화장실 가서 오바이트overeat 하고 와, 잘못되면 죽는다." 이렇게 이야기하니 그래도 죽기는 싫었는지 화장실 변기통 붙들고 우액! 우액! 거리는 소리가 요란스럽다.

밥을 먹고 TV를 보다가 각자 자기 약봉지를 확인도 않고 먹어버리는 것이 마누라뿐만이 아니다. 한번은 아침에 나 혼자 약을 먹는 시간에 약을 가져다 준 마누라가 오늘따라 쟁반에 예쁘게 물 한 컵 약 1첩 사탕 1알 이렇게 가져다주기에 담배를 끊은 나는 사탕까지 주니깐 아무런 의심도 하지 않고 먹어버렸는데 저쪽 방구석에서 "여보! 먹지 마세요! 내 약봉지가 '띨방이' 한테 갔으니 잡수지 마세요." 이렇게 말을 하는데 아뿔사! 약은 이미 내 목구멍으로 넘어가 버린 뒤였다. 한참이 니나도 왕짜증이 나 마누라에게 일침을 가한다, "어이 봐라! 범식이 어미, 도대체가 당신이 정신이 있는 사람이요! 없는 사람이요? 내가 잘못되면, 약물 중독으로 죽으면 당신 과부 되잖아. 정신 있어? 없어?"

한쪽 방구석에서 마누라는 내가 화를 내던지 말든지 베시시 웃는 모습이 기가 찬다.

"내가 당신한데 약을 주더라도 약봉지를 확인하고 잡수셔요!" 도리어 역정을 내는 마누라……

하지만 이렇게 우리 두 사람은 약을 바꾸어 먹어도 아직 까지 죽지 않고 잘 살아가고 있다. 둘 다 소통이 제대로 되지 않는 우리도 문제지만, 신속하고 다양한 정보전달매체의 방법들이 우리 같은 늙은이들에게는 혼란스럽고 새로운 것에 대한 대응이 늦어져 버겁기만 하다. 모든 것이 너무도 빠르게 변해버리는가 하면 각자의 감정 또한 갈수록 격해지고 순간순간 건망증세로 냉장고에 휴대폰을 넣어놓고 며느리에게서 전화가 오니 미치겠다! 온 거실 방을 뒤지고 해매며 점점 띨띨해 져가는 우리 띨순이(마누라)가 안타깝다. 그러나 무엇보다 중요한 것은 밭에서 실룩거리며 다가오는 몬뻬(もんぺ) 입은 모습이 허리인지 궁둥이인지 구분은 안 되지만 빛나는 두 눈동자에게만 늘 건강하기를 빈

다. 神이 있다면 하느님, 부처님, 석신, 목신, 풍신 가릴 것 없이 두 손 모아 오늘만큼은 할마이 그 옛날 처녀시절(20대) 그 모습 째끔 담아 보려고 모든 신께 빌어본다.

거릿귀신

옛날 공직생활 할 적엔 집 입구에서부터 마누라가 다소곳이 예쁘게 두 손을 모으고 미소와 함께 나긋나긋이 애교가 살랑살랑 봄바람 아지랑이처럼 군데군데 사랑이 모락모락 피었는데, 이제 내 나이 70에 이르러 꼭 푸대접받는 것 같은 느낌이 피부로 다가온다. 그때가 그립다.

우짜면 좋노! 누가 나 대신 말 좀 해보소! 아~아 오늘따라 와 이래 나의 가슴에 와 닿은 듯 모든 것이 섭섭하고 울고 싶다. 특히나 나는 군대 생활 중에 내 말 한마디면 별자리들도 벌벌 떨 정도로 강력한 킹 파워맨쉽이 좋았다,

감히 어디서 나에게 얼신 거려! 헌데 지금 이 감촉으로 다가오는 나를 업신여기는 것이 마누라부터 이럴 수가 그 옛날 혼자 두고 보름에 한 번씩 때론 3일에 상봉하는 생활 할 때보다 뭔가 서럽기도 하고 그렇다. 자식 놈들 먹이고 공부시켜서 짝지어 아들딸 다 나가버리고 묶은 영감, 할매 2 햇영감 할매2 남아 꼭 저

신작로 위 성황당 입구에 장성처럼 뻘쭘이 천하대장군天下大將軍 지하여장군地下女將軍 되어버렸네.

〈남편+마누라=대화〉

마누라(65) 내가 어데 가던지 말던지 지금부터 묻지도 마라!|
　　　　　 뒷집에 억순이 집에 놀러 간다. 오늘부터 서로 편하
　　　　　 게 지내자. 알째!

남편(70) 거릿귀신이 들었나? 와 자꾸 싸돌아 다니노? 집구석에
　　　　　 있지.

마누라(65) 당신도 방구석에만 있지 말고... 수염도 좀 깎고...
　　　　　 하루 종일 테레비전만 보고..응.. 좀 운동도 하고 골
　　　　　 프도 치고.. 바람 쉬었다가 오세요! 그놈의 컴퓨턴
　　　　　 가! 뭐가 밥이 나오나. 죽이 나오나! 하루 종일 돋보
　　　　　 기 끼고....

남편(70) (아무런 대답 없이 밖으로 나감)

(얼마나 지났을까?)

　여우 작전에 나의 늑대 작전이 완전히 초토화되면서 개망신을 당하고 쫓겨나 겨울 눈비 맞고 싸돌아다니는 개새끼 마냥 혼자서 우산도 없이 비오는 거리를 방황했다. 허나 제일 중요한 것. 나를 낳고 길러주신 부모님과 선조님에게 그래도 감사인사를 두 손 합장해서 높이 올리고, 수없이 되묻던 생각은 길섶에다 내려

놓고 빗물이 길을 열어놓은 '노을 울음'을 수놓으면서... 늙어가는 흐릿한 내 마음 한 장이 오늘 따라 와이래 잇몸처럼 쑤시고 시리다.

누가 먼저 나 홀로 살아가야 하는가

부부 중에 늙으면 언젠가는 혼자 고독하게 살아가야 한다. 남자든 여자든 언젠가 순서 없이 다들 혼자 외롭게 살아가야 한다. 다만 그 시기가 언제이며 주변의 누구가 먼저 혼자되어 삶을 영위하다 생을 마감하느냐 하는 것이다.

지금껏 살아온 인생의 바탕으로 체득한 사실은 학벌이니 지연, 학연, 환경, 등의 외부적 요인들을 제쳐두고 50대에서부터 80대까지 다양한 연령대에서 배우자가 먼저 가고 쓸쓸히 혼자 남은 사람들이 제법 많다는 사실이다.

요 며칠 전 우리 마을에서 나 홀로 생활 하다가 하늘나라에 먼저 가버린 이웃집 형님 이야기 한 토막.

나이는 70세 전후 평소 말수가 적고 부인의 죽음에 대하여 매우 쓸쓸한 나날을 보내고 있었다. 하여 선후배들에게 많은 동정과 애정을 받았다. 노인정에 자주 나오시던 형님이 어느 날 안 보여 혹시나 하고 며칠 뒤 대문을 열고 집안으로 가보았더니 안

방에서 사늘한 시체로 탈바꿈되어 있었다. 불과 며칠 전의 일이다.

무엇이 그를 고독하게 만들었는지는 알 수 없었다. 오직 그만이 알 것이다. 때 묻은 고슴도치처럼 나 홀로 웅크리며 지폐 몇 장 움켜쥐고 있었고 안방 주위에는 빈 소주병만 나열한 채 술안주로 먹었는지 시어빠진 김치 한 조각만 덩그러니 남아 있었다. 차갑기 그지없는 세상에서 벗어나게 해달라고 훌쩍 가버린 모양이었다.

이후 아들과 딸들은 아버지의 사망소식에 초상을 치렀지만 마을 노인들은 그 자식들이 떡과 음식을 마을 집집마다 돌려도 아무도 먹지 않았다. 그중에 성질 급한 선배 노인 한 분은 "야! 이놈들아, 진작에 찾아와서 외로워하는 아버지 마음을 달래주지 이렇게 늦게 죽고 나서 울고불고 무슨 소용이 있느냐"고 역정을 낸다.

자식들 대학 공부시키고 밭뙈기 팔아서 아파트 사주고 가을 추수 때는 있는 것 없는 것 최상품으로 보따리마다 깨 마늘 고추 등등 보내 주시던 금실 좋았던 부부, 대청마루 위에 놓여진 두 분의 퇴색된 사진 속 최후의 모습에서 나는 오늘 매우 우울하다.

마누라 먼저 보내고 하루같이 술로 세월 보내다가 마음 내려놓을 곳이 없어서 헤매다가 죽어버린 촌로의 생애에 소리 없는 눈물을 훔친다. 내가 외로울 때 누가 나에게 손을 내민 것처럼 나 또한 나의 손을 내밀어 누군가의 손을 잡고 싶다. 무엇이 그

를 그토록 죽음으로 몰고 갔을까? 이 시골생활에서도 자식들은
아무 소용이 없어 보인다.

쩍 벌려 여사와 칠떡이

쩍 벌린다는 것은 외관상 보기가 좋지 않다. 즉 교양 없이 보인다. 예문을 들면 다리를 쩍 벌린다든지 입을 쩍 벌린다든지 이 모습은 조금 민망스럽게 보일 때가 있다. 자고로 남자보다 여자가 다리를 쩍 벌리고 앉아 있다 든지 입을 쩍 벌리고 있다 든지 하면 조금 상스럽게 보인다. 평소에 항상 올바른 자세로 생활을 하는 등의 자기관리가 가장 중요하고 다리를 모은 보기 좋은 자세를 유지하면서 옷매무새+머리 헤어스타일+화장술+교양 있는 언어+목소리+미소+수준 높은 언어구사+표현+태도=구색이 맞아야 하는데 때와 장소 따라 60대 70대에는 엄청 웃음꺼리로 행동하는 경우도 많다.

특히 전철을 타면 쩍 벌려 여사님들이 눈에 띈다. 그렇지만 치마 사이로 쳐다 볼 수가 없다. 창 넘어 눈의 시야를 돌린다. 음식점에 가보면 쩍 벌려 여사님들이 종종 보이지만 쩍 벌린 칠떡이도 많다. 이야기를 하자면 우리집 마누라는 시집와서 쩍 벌린

태도는 별로 찾아 볼 기회가 없었다. 헌데 아이를 하나 낳고 둘, 셋, 넷, 세월이 40년 넘게 살다보니 요즘은 겁도 없이 영감 앞에 앉은 자세가 쩍 벌리고 있을 때가 많아 사실적으로 좀 웃음이 실실 나온다. 그런데 마누라는 나보고 "당신이 요즘 70살이 넘어오니 올수록 칠떡이(칠푼이)처럼 되어 가는 듯 합니다." 이렇게 말할 때가 있다.

때론 음식을 먹고 난 뒤 밥풀때기 한 알이 입술에 묻어 있으면 마누라가 닦아 주기도 하지만 내 자신이 푼수같이 침물을 약간 흘린다든지 하면 "당신 꼭 팔푼이 같이 왜 그래요? 눈꼽도 좀 딱고 침물도 닦고 하세요!" 이렇게 말할 때가 있다. 즉 칠떡이(칠푼이 혹은 팔푼이)라고 놀릴 때도 종종 있다는 것이다.

나이가 들면 자신의 얼굴을 책임지라는 말은(항상 타인에 대한 옳고 그름만을 가려 왔다면) 동서양에 모두 다 있지만 허나 요즘 우리 둘은 쩍 벌려 여사와 칠떡이(칠푼이)가 되어 평소 마음에 켠 촛불로 자연적인 현상에 오늘도 킥킥 거리면서, 밥풀때기 뜯어 가면서, 마주보고 바보같이 웃으며 살아가고 있다.

입원실 수련의修鍊醫와 저의 체험(환자) 이야기

응급실과 수술실 그리고 입원실 주위에 저는 지금껏 살아오면서 직접 생활한 경험이 없었습니다. 헌데 이번에 한번 아파 보면서 첫날 응급조치 이후 병실이 없어 복도에 대기하다가 8인실로 갔습니다. 심혈관 계통 응급실인지 암환자, 심장환자, 병명도 모르는 환자 등등 다양한 환우들이 있었습니다. 제가 들어간 곳은 왼쪽에는 암환자, 오른쪽도 암환자이며 침대 정면 명찰 표에 이름과 나이 그리고 병실 입구에 이름 3자 중에 2자만 있고 0자 표시와 나이표시가 되어 있습니다. 저는 처음 입원한 곳이라 8명의 나이를 죽 훑어 보니 57세~85세까지 기록되어 있었습니다. 그리고 암환자 가족은 없고 돈 받고 수발해주시는 간병인들이 계셨습니다. 헌데 들어가자마자 암환자 형님들께옵서 우리가 마루타가 되어서는 안 된다는 용어를 사용하시기에 '마루타Marita' 뜻을 찾아보니 통나무, 사전적 용어/인체 실험의 대상자를 달리 이르는 말, 이렇게 기록되어 있습니다.

그렇다면 나도 실험대상이 될 수 있다는 생각에 앗! 어찌하지? 하면서 오만가지 생각이 들기 시작 하여 그분들의 대화에 귀를 쫑긋거리면서 생과 사에 대한 체험적 요소들을 직접 듣고 저도 심각하게 '아, 네~~그러셨군요.' 하면서 맞장구를 쳤습니다. 그런데 잠시 순간순간 간호사, 의사, 인턴 레지던트의 출입과 링거 비닐포 교체, 혈압측정, 귀속에 열 감지기 등등 관계자들이 수시로 들락날락하였습니다. 특히 수술하고 오시는 분은 마취가 깨지 않아 수면상태로 들어가니 '마루타'가 되는지도 모르겠고 아무튼 저 한테도 수련의 다섯 사람이 왔습니다. 첫 번째 수련의와의 대화입니다.

수련의 안녕하십니까? 저는 xx대학교에 공부하는 학생입니다. 부탁할 것이 있어 찾아왔습니다.

하태수 먼데요?

수련의 여기 싸인 좀 해주세요?

하태수 왜 사인을 해야 합니까?

수련의 이 서류에 동의한다고 하시면 됩니다. 다른 분들도 다들 그렇게 하십니다.

하태수 아~그래요. 그렇다면 내용도 읽어보지 않고 사인을 할 수 없으니 제가 지금 돋보기도 없고 하니 한번 읽어 주시겠습니까?

수련의 네. 환우의 모든 수술과 약물처방은 정보공개를 원칙으로 하고 수련의들에게 모든 것을 제공을 합니다.

하태수 저를 마루타로 만들어 보시려고 그러십니까?

하면서 반대를 했습니다.
결국 돌아가고 난 뒤 1시간 후에 5명의 수련의가 찾아왔습니다.

수련의 다른 분들은 아무 소리 없이 동의 사인을 해주시는데 유
독 하태수 님은 왜 반대를 하십니까?

하태수 첫째, 저보다 시골집에 100살 가까이 살아가는 분이 계
시기 때문에 제가 먼저 꼴까닥(死) 하면 불효막심하므로
동의를 해줄 수 없고. 둘째, 님들도 무조건 해달라 고만
하지 말고 환우에게도 인센티브(incentive : 격려, 자극, 유인, 동기)
를 주면서 사인을 받아야 한다고 사료됩니다.

라고 미소와 함께 전했습니다. 한참 후에 결국 수술대에 올라
국산 스텐트(실험용)를 사용하지 않고 미제를 바로사용 했습니다.
그리고 전국적으로 유명한 xxx교수의 집도로 밖에서 서성이던
보호자에게 칼라모니터로 막혀 있는 심장부위에 대한 상세한 설
명과 xxx교수와 보호자의 안심권 미팅meeting으로 무사히 마칠
수 있었습니다.

그리고 그 다음날 퇴원 할 때까지 5명의 수련의修鍊醫는 입원실
에 퇴원 하던지 말든지 저한테 1명도 나타나질 않았습니다. 수
련을 하기 위해 수단과 방법을 가리지 않는 자기네들의 목적을
위해 생명의 존엄을 부정하고 타인의 행복을 파괴하는 행위는
어떠한 경우에도 이해가 되거나 받아들여 질 수 없었고, 또한 마

음속으로 '이 사람들 자신 가족 아버지, 어머니 같으면 이렇게 하지 않았을 것이다!' 생각하면서 향후 히포크라데스의 정의를 훼손한 돌팔이 의사가 되지 말기를 저 나름대로 두 손 모아 빌었습니다.

아흔아홉 개 꼬리 달린 여우를 찾아 갔더니만

　우리 마을에서 좀 떨어진 곳에 여우고개란 곳이 있습니다. 저는 이 고개를 왜 '여우고개'라고 하는지 궁금하여 저의 지프차로 초저녁에 아무도 몰래 그 궁금한 고개를 가보고 싶었습니다. 원래는 우마차牛馬車나 보행자가 겨우 지나갈 만한 길이었으나 간혹 재 너머 내려가는 길 밤늦게 오다가 보면 항상 나뭇가지에 여자들의 옛날 하얀 속치마가 같은 것이 펄럭이는 것 같았습니다. 차속에서 운전하다 보면 펄럭 펄럭거리면 엄청 으쓱하고 더럽게 기분도 안 좋습니다.

　헌데 이날 늙은 이 머슴아는 너무 궁금해진 나머지 차로 가서 시동을 켜고 정지를 한 다음 그 나뭇가지에서 펄럭이는 것을 기어코 만져 봐야 직성이 풀릴 것 같아 어둠이 짙게 드리워진 밤에 용기를 내어 갔습니다.

　차 안에 전기배터리로 비추는 시계가 밤 9시 30분을 가리키고 있기에 별로 큰 문제는 없는 시간이라고 생각하고 출발했습니다. 예상 외로 올라오는 차량과 내려가는 차량들이 많아 괜찮겠다고 판단되었습니다. 정상까지 높은 곳으로 올라가 차에서 내리는데 갑자기 안개가 덮이고 비가 약간 부슬부슬 내려 스산함과 초가을의 산 정산에서 불어오는 바람소리가 저의 귀에 엄청 생생거렸습니다.

그때 옷 입은 남방 차림의 목깃에서 뭔가 스멀거리는 느낌이 있어 저의 오른손으로 만져보니 밤에 날아다니는 벌레 한 마리가 목에서 뺨으로 움직이고 있습니다. 혼자 짝사랑을 하러 온듯이 스멀스멀 느리게 움직입니다. 딱 하고 손가락으로 밀어붙이는데 미끄러지면서 빠진 것 같은 느낌입니다. 그 순간 누가 나를 뒤에서 저의 바짓가랑이를 붙잡는 듯 하여 제가 앞으로 전진할 수 없는 것입니다. 놔라! 하면서 울 아버지 헛기침 하듯 나뭇가지 곁에 시간의 흠결欠缺처럼 달라붙어 거칠게 저 혼자 바지 잡힌 곳에 탁 잡았는데 뭔가 뭉클 하는 느낌에 그냥 미끄러지듯 휘청했습니다. 밟히며 찌릿한 전율이 느껴져 왔습니다. 저는 그 자리에 주저앉아 버렸습니다. 정말 여우 요괴가 쉴 곳이 필요해서 헤메이다가 산속에 들어 왔는데 인정머리 없는 귀신이랑 싸우다가 나한데 달라붙었는지는 지금도 기억이 없습니다.

한참 있다 보니 추웠습니다. 그리고 그 물쿵한 기억을 더듬어서 여기저기를 만져보는데 이번에는 목에 물컹거려 숨을 쉴 수가 없었습니다. 저는 땀과 비와 함께 안개 속에서 산 정상 고갯마루에서 고함을 내 지르기 시작할 때쯤 얼굴에 무언가 찰 달라붙어 숨을 쉬기가 어려웠습니다.

우리들의 삶 속에 만나는 인연들의 아픔 말하지 않아도 알지만 여기가 전설의 고향 여우고개라, 옛날이야기로는 처녀귀신이 나타난다는 소문이 전해오지만 저는 총각도 아니라서 잡아먹혀 봤자 별 재미가 없을 것입니다. 환갑진갑 다 지나 다 써먹은 낡은 몸뚱이에다 늙은 거시기도 힘이 없는 숫 영감쟁이를 잡아먹겠나 하는 오만생각이 들었습니다.

여우 요괴가 쉴 곳이 필요해서 헤메다가 폐가에 들어왔는데 인정머리 없는 귀신일랑 싸움하는 공상도 했습니다. 우선 내 앞에 숨 막히는 이 물체가 짧은 시간 속에서 처녀귀신이 나타나 젖가슴을 드러내놓고 나를 유혹하는 것인가도 순간적으로 생각되었습니다. 더듬는 오른손으로 잡히는 그 물쿵한 물체를 잡았습니다. 잉~! 처녀귀신 젖가슴이라도 좋다 하면서 그 무서움 속에서도 조물조물 거리며 잡았다가 살짝 느끼는 촉감은 어휴~! 이런 식은 땀이야. 촉감은 이루 말할 수 없었습니다. 앗! 찰라 처녀귀신의 젖가슴은 두 개짜리가 아니고 A, B, C급 중에도 들지 않는 하나밖에 없는 것이 아닌가요.

첫날밤에 그냥 가버린 영혼이 나타나 억울하다고 징징대는가 싶어 앗! 무서워라! 싶어 산길 차량 중간쯤 숨차도록 뛰어 내려왔습니다. 제 차량으로 걸어와 올라오는 차량 불빛에 비친 방향을 보니 수박밭이나 고추밭에나 늘 깔려 있던 폐비닐들이 산바람에 날려 산나무가지에서 또 그 다음 가지 사이로 바람결에 여기 저기 날라 다니다가 착 ! 달라붙어 펄럭이는 것입니다. 이 밤 저한데 따라와 얼굴에 찰싹 달라붙었던 그 폐비닐을 조물거리며 쥐어짜듯이 펼쳐 든 웬 노인이 그을린 솥단지처럼 여우고개에 서 있었습니다. 염치없이 우두커니 천하대장군, 지하여장군처럼 바라보니 나중에 끝머리에서 내려오는 차량에서 "할아버지! 할아버지! 괜찮아요?"라고 관심을 가져 주었습니다.

그 다음날도 지금도 그 고개마루의 일명 꼬리가 99개 달린 여우는 규명 하지 못한 채 방관하고만 있습니다. 그저 전설로 남아 안방 여기저기에서 이야기 거리로 전해오고 있는 것이 더 가치가 있을 듯 합니다.

사실은 그 때 할마이에게 오랫동안 안돌아오면 약 2키로 미터 가량 떨어진 여우고개까지 동네이장과 함께 마중을 나오라고 귀띔을 하고 올라갔었더랬습니다.

벌거숭이 미친 여자, 논두렁 밭두렁에 뛰어다닌다
& 그리고 이놈을 우짜까요!

우리 마을은 시골집들이라 빈집들이 많습니다. 요즘은 그나마 귀농 귀촌하시는 분들이 많아서 특히 겨울철에서 봄 되면 서울 중심으로부터 아파트 13평~30평 팔아 50대~70대 되시는 분들이 1억~2억 정도로 장만하여 많이들 땅 구입 차 내려 오십니다.

때는 작년 가을에서 막 겨울로 접어들 때쯤 우리 집 진돌이가 마을을 떠나갈 듯이 짖어대기에 개가 오늘따라 어찌 그리도 짖는지 영문도 모른 채 마당과 텃밭으로 나가보았습니다. 앞집 빈 폐가집에서 여자 한 분이 완전 누드차림으로 온 천지 밭에서 홀딱 벗고 뛰어다니기에 얼떨결에 겁도 나고 하여 마을 이장한데 이런저런 사연을 전하니 "형님, 뭐 구경이나 좀 하슈! 하도 앞집에 그 여자가 약간 미쳐 가지고 댕기어서 지구대(파출소) 연락해도 귀찮아서 잘 안 오니 그렇게 알고 계셔유!" 라고 전합니다.

그렇지만 나는 이래서는 안 된다 라는 생각이 들어 조금 기다렸다가 관할 지구대 파출소에 직접 신고를 했습니다. 대략 30분 경과 후에 경찰차 1대가 마을 어귀에 도착하여 들어와서는 "같이 한번 가보십시다." 합니다. 아직도 그 미친 여자는 벌거숭이가 되어 날뛰고 있었고 경찰 두 분도 붙잡아야 하는데 여자인지라 제대로 잡지는 않고 뻘쭘히 구경만 하고 있으니 나는 왕짜증이 났습니다.

이리저리 우왕좌왕 하기에 저는 방으로 들어왔습니다. 그 다음 경찰들이 "아저씨, 폐가집 안방에 남자가 죽어 있습니다. 관할 군청 경찰서에 신고해 놨으니 그리 알고 계셔요." 라고 합니다. 아무리 생각해도 한 마을에 사는데 왜 그 미친 여자는 어디서 왔으며 죽어있다는 남자는 또 어디에서 온 사람인지 궁금하여 밖으로 나와 보니 먼저 온 마을 이장이 멋쩍은 듯 머리를 끌쩍이고 미친 여자+마을이장+여자가족 한사람 이 경찰서로 갔습니다.

나중에 알고 보니 그 미친 여자 방에 함께 잠을 자던 행려자로서 잠시 들렀다가 죽어버렸다는 이야기였습니다. 저는 생각 컨데 사람 사는 세상 다 좋은데 시골에 정신질환자 있으면 정부차원에서 특별관리 조사도 좀 해서 이렇게 날뛰는 정신병자를 관리감독 해주었으면 하는 생각입니다.

한편 폐가집 구하려던 서울사람들은 그날 밭두렁과 함께 구경한번 하고 난 이후 나타나질 않지만 우리 집 진돌이가 오늘까지 그날 백차가 오고부터 짖지를 않습니다.

인터넷으로 정보 검색을
하던 중에 이런 문구가 뜹니다

"사랑할 시간도 모자라는데 미워할 시간 어디 있겠는가 !"

저는 70대라서 그런지 이 문구가 한 눈에 쏙 들어옵니다. 첫째 저는 요즘 부모님과 함께 지내다가 두 분 다 하늘나라 첫 집으로 가셔 가지고 요즘 엄청 우울하고 기분이 착잡하며 삶에 대한 뉘우침만 많습니다. 지금 하태수가 잘못된 사고방식 속에서 털어버리지 못하는 오만가지 생각이 떠올라 자식으로서 잘 해드리지 못한 행동들만 생각케 되고 후회를 해본들 부모님들이 살아오실 것도 아닌데 괜히 짜증스럽고 모든 것이 귀찮고 손과 발 머리가 각기 행동을 합니다.

그렇기에 더 더욱 지금 나이(71)에 사랑할 시간도 모자라는데 미워할 시간어디 있겠는가!를 새삼 느껴보면서 마당에 진돌이가 저의 신발을 물어뜯어 놓아도 빗자루로 때리지 않고 나를 징그럽게 속상하게 만들어도 이웃 노인들이 신발을 끌면서 거실로 들어서도, 때론 바꾸어 신고 가도 미소로 눈에 보이는 사물 자체를 이럴 수도 있지 하면서 긍정적인 사고로 사랑하는 마음으로 바꿔가고 있습니다.

　고령화 시대에 접어든 현실의 가운데 '노노부양老老扶養' 혹은 '노노봉양老老奉養'이란 것을 제가 직접 해보니 물론 힘든 부분은 있지만, 그래도 부모님과 오래도록 살 수만 있다면 행복이 아닐까 생각됩니다.

아직까지 살아있다

눈을 뜨고 보니 xxx 대학병원 중환자실에 누워 있었다. 왼쪽으로 고개를 돌리면 머리가 안 보이는 듯 붕대만 감겨 있는 사람들, 오른쪽으로 고개 돌리면 또 같은 사람처럼 머리에 붕대가 감겨 있고 도통 여기가 어딘지 모르겠다. 갑자기 소름이 끼칠 정도로 공포감이 엄습해온다. 무서워 잔뜩 움추리려다 느낀 것은 온 팔의 감각이 없는 것 같다. 눈만 빼꼼 거리고 팔을 움직일 수도 없다. 목구멍에서 갈증이 나서 말을 해도 들리지가 않는 듯 물 한 방울도 안 준다.

아무도 안 오니 할 수 없이 발만 퉁퉁거리며 신호를 보내니 간호사가 귀찮은 듯이 다가왔다. 간호사 왈 "선생님, 살았습니다." 라고 한다. 그렇다면 내가 죽었다가 살아났단 말인가. 나는 모르겠다. 의구심만 가득하다. 그러나 손발이 묶여 있어 의사전달을 할 수가 없었다. 묻지도 않았는데 10일간 이 자리에서 가만히 누웠다가 깨어났단다. 우선 나 자신이 신기하게 느껴졌으며 가만히 기억을 더듬어보니 119 앰뷸런스의 사이렌소리는 들었던 것 같다. 그리고 우리 집 화장실에서 볼일을 본 기억과 와장창 넘어졌던 기억뿐인데 지금 여기에 누워 있다.

2주 후 일반병실로 옮겨졌다. 머리와 다리 왼쪽 오른쪽 바늘이 수십 개가 내 몸을 찌르고 있다. 또 2주가 지나고 휠체어에 몸을 맡기고 인터넷이 있는 곳에 가서 각 언론사에 원고 청탁 된 이메일을 화면으로 쳐다본다. 그리고 책임감 때문에 잘 움직이지 않은 손가락으로 일면 독수리 타법이나마 삶의 방에 글을 올려본다.

주위 간호사 및 의사가 날더러 미쳤다고 하면서 다시는 아래층 컴퓨터 있는 곳에 데리고 가지 말라고 강제추방 명령으로 묶어버렸다. 허지만 나는 가만히 그냥 있지를 못해 잔머리를 굴린다. 간호사에게 애원을 해본다. 간호사가 의사가 기가 차는지 지켜본다. 이놈~아~꼬라지 생긴 대로 놀고 있으니 원고 송신의 책무에 미소를 준다. 살아 있으니 좋다.

오늘따라 간호사 얼굴의 화장품 냄새가 너무나 향기롭다. 쥐잡아 먹은듯한 빨간 립스틱 얼굴과 귀의 짝재기 귀걸이가 오늘따라 아름답게 흔들거리며 누워 있는 나에게 7번째 바늘 찌르기 또 시작되고 간호사가 "선생님, 따끔합니다." 소리에 두 눈을 감았다! 그리고 떴다 "아이고!! 날 잡아먹어라! 엄청 아프다!" 내일 휠체어 타고 인터넷으로 가기 위한 희망 하나로 참아야 했다.

마을 청년회와 노인회

시골은 마을마다 청년회와 노인회가 있습니다. 즉 61~62세가 지나면 청년회에서 나이 많은 노인 회관으로 가야 합니다. 안 나가려해도 청년회칙에 따라 자동으로 쫓겨납니다.

헌데 그 과정에서 약간의 신경전이 일어납니다. 내용인즉 61살까지 청년회에 머물면 선임 대접을 받습니다. 즉 후배 청년들이 선배한테 깎듯이 인사하고 예를 갖춥니다. 학교 선후배나 지방 선후배들이라 청년회에서 농땡이를 좀 치고 놀아도 어느 누가 내정 간섭 없이 지낼 수 있습니다.

하지만 노인정에 들어오면 신참이라 고개를 들고 환갑 진갑 지났다고 들어와도 어른 대접이 영 신통찮아 재미가 없습니다. 특히 100살 시대에 때론 가끔 부자지간 노인들도 수두룩합니다.

어떤 마을은 노인들 중에서도 90살 넘으면 상노인들의 방을 별도로 만들어 부자지간이 한 공간에서 만나지 않도록 간격을 따로 두는 곳도 있습니다.

제가 가끔 어르신들에게 점심대접을 하기도 하는데, 아파트에 사시는 노인들은 어떻게 자리 구분 지어 생활하시는지 혹 다른 지방은 할아버지 할머니 따로따로 방을 두시는지가 궁금합니다. 아니면 65세 되어도 할아버님 할머님들은 노인정을 아예 출입을 안 하시는지요? 괜히 이렇게 여쭙사옵니다?

저도 가야할 시기가 지난지라 그런가 봅니다.

산타기 도전

오늘 몸의 건강을 위해서는 운동을 하고, 마음의 건강을 위해서는 명상을 해야겠다는 생각이 들었습니다. 아침에 일어나 우선 산을 가만히 생각해봅니다. 대한민국 지도를 보니 저, 하태수가 전국에 아직도 내가 오르지 못한 산들이 수두룩하게 많습니다.

해서 험한 산이라도 타겠다고 맘먹고 산타기를 위한 1차 계획을 세우고는 먼저 心身의 健康을 위하여 우선 우리집 뒷동산부터 시험 삼아 올라보기로 했습니다. 높이는 얼마 안 되지만 시커먼 선글라스를 끼고 모자도 빵빵한 것을 썼습니다. 목에는 짧은 빨간 손수건으로 동여맵니다. 숨이 잘 쉬 지지가 않아 핵핵거립니다.

옛날 20대에는 무장공비를 잡으로 그것도 야간에 은밀하게 접근하여 산기슭을 향해 신속하게 뛰었는데, 지금은 우선 후들거려 전진이 안 됩니다. 일본에 있을 땐 후지산, 아소산 등등 여자들 하고 잘도 싸돌아 다녔는데 지금 현실은 그렇지가 않습니다. 괜히 자신도 없으면서 친구 할마이 뱃구멍 산도 못 올라가면서 괜히 배낭, 등산복, 모자, 물통, 등산화 등을 최고급으로 싣고 오이 찹쌀떡 등을 씹어가면서 걷습니다. 배만 빵빵하고 있는 폼 없는 폼 다잡고 생지랄병 같이 쇼를 하는 것 같아 내심 우스꽝스럽기도 합니다. 그래서인지 괜히 왔구나, 후회스럽기도 합니다.

정상에 도착하고 보니 이제는 내려갈 일이 꿈만 같습니다,

큰일 났다. 우야꼬! 휴대폰으로 119 부르면 헬리곱트helicopter 욕하겠제! 우짜면 좋노! 이래 가지고 하태수 전국적인 명산 가 보기도 전에 뒷동산에서 허벅지 쥐가 나서 헤매고 있다. 노련한 산타기 "람보 하영감" 체력이 고갈됐다. 그리고 물도 안 먹었는 데 오줌통에서 신호가 온다. 미치겠다.

급한 용무라도 먼저 보려고 바지를 벗으려니 바로 옆의 흰백 바지 입은 중년의 여자가 자꾸 날 쳐다봅니다, 아무 곳에 방뇨 도 할 수 없습니다.

아무리 눈 씻어 봐도 전국적으로는 무리 인 것 같습니다. 막막 하네요.

안거安居 & 언감생심焉敢生心

안거에는 여름의 하안거夏安居와 겨울(음력10월 15일)부터 이듬해 정월 15일까지의 동안거冬安居가 있습니다. 두 안거는 모두 불도佛道에 정진精進하는 말입니다.

저는 글쟁이다보니 책을 보거나 글을 쓰는 등 매일 집구석에서의 생활인지라, 삶의 차원에서 늙어서 흐트러지지 말고 살아가자! 다짐하고는 하태수의 겨울안거를 감히 언감생심焉敢生心으로 실천해 보았습니다.

우선 지금 겨울이니깐 겨울 방법으로 道니깐 저는 하태수의 득도得道에 수행 하는 일을 집에서 세웠습니다. 첫째, 이 기간에는 저도 일절 외부출입을 끊고 눈을 감고 가부좌跏趺坐를 틀고 자기반성하는 수행부터 전념 하였습니다. 부단히 하태수(71) 득도를 위하여 뜻깊게 온몸으로 웃지 말고 엄숙하게 행동을 하고자 했습니다.

그런데 매일 아침 누군가가 깨워주어야 일어나니 허참, 여기에서 일차로 통과 하지 못했습니다. 그래도 중도에 포기하자니 저의 자존심이 상해서리 꾹 참고 실행 중이었는데 이내 얼토당토않은 제 욕심이란 걸 알아 버렸습니다.

그렇게 저는 두 손 들었습니다. 하지만 90일 동안 열심히 정진한 납자는 해제 후에 만행 길로 나서면서 분반좌(반식 나눠앉는다는 말로 지혜와 마음을 나눈다는 뜻) 즉 선지식을 만나게 된다는데 저는 지혜는 없고 배만 불룩하게 튀어 나왔습니다. 허리 사이즈 43 되었습니다. 고기와 맥주 양주를 엄청 먹어 감당이 안됩니다. 할 수 없이 그냥 모른 체 하고 안거를 피해 도망갔습니다.

노노老老
부양扶養　　　하 태 수 · 수필

제3부

즐거운 노년의 시골 살이

노후를 바라보며

앞으로 늙어서 살아갈 걱정을 하다 보니 제 나름으로 아래와 같은 주관이 생깁니다. 그래야 나 스스로 견디고 잘 살아갈 것 같아서입니다.

(1) 자식 눈치 안 보는 삶

이제 더 이상 자식들에게 신세 지거나 아쉬운 소리 할 필요 없이 살고 싶습니다. 시골에서 마음 편하게 좋은 공기 마시며 텃밭도 가꾸고, 마을 소일도 찾아 해가면서 살 것입니다. 무엇보다 월세가 안 나가니 걱정거리가 없습니다. 다행히 글쓰는 일에 취미가 있다 보니 쥐꼬리 만하지만 손주들 과자값은 나옵니다.

(2) 부모가 돈이 있어야 자식이 효도한다

제 자산이 정확히는 모르지만 1~3억은 되므로 촌에서 이럭저럭 살아는 갑니다. 이것도 재산인지, 두 자식들도 서로 부모에게 잘 보이려고 나름 애를 쓰는 것 같습니다. 무엇보다 자식들에게 아쉬운 소리 하지 않고, 병원비(실비보험)나 필요한 생활비(각종 연금)는 일절 자체 조달하면서 지낼 수 있음이 좋습니다. 또 부모가 경제적으로 여유가 있는 경우는 며느리나 사위가 시부모나 처갓집에 잘 하는 것 같습니다.

명절이나 평소에는 자식들에게 시골에서 지은 채소나 김치를 보내 주어 자식들을 건강하게 살도록 도움 주는 재미도 있습니다. 물론 자식들은 고마워합니다. 또 손주들 재롱 보는 재미가 솔솔합니다. 자식에게 안 기대고 산다는 게 그만큼 부담이 없어 홀가분합니다.

이런 경험 개똥철학

'퍼스터 인플레이션first impression'이란 말이 인간관계에서 아주 중요하게 자리 잡고 있습니다. 느닷없이 저에게 다가온 50대 여인이 "산에 중이 될 놈이 미쳤다고 여기에 있느냐!" 하시기에 초면에 하도 기가 차서 배시시 웃고만 있었습니다. 그 순간 웃고 있는 나를 바보로 보나 싶어 어서 이 자리에 나가라고 소리를 쳤습니다. 화가 나서 그 여인의 오관五官을 요목조목 쳐다보았습니다. 헌데 책에 본대로 라면 그야말로 요물, 무당팔자 관상이었습니다. 그리고 남자를 둘이나 잡아먹고 피똥을 싸면서 또 잡으러 다니는 요괴妖怪상입니다.

제가 그날 그 여인에게 잡아먹혀 죽지 아니고 살아있는 것이 다행입니다. 관상은 글 쓰는 한 사람으로서는 이해력에 따라 다르지만 다양한 책을 접하다 보니 얻어 낸 지식이라면 지식인셈입니다. 특히 토정비결. 명리학, 사주 관상학, 구약. 신약 등등의 책들과 그날의 운수 혹 유혹, 죽음, 산자와의 사이에 죽은 후에 진정 만나는 윤회설輪廻說 등 제가 탐독하는 책들이 다양합니다. 그렇다고 어느 한 분야에 집중하여 어느 경지에 이르도록 지식을 쌓은 것은 아닙니다.

이런 책 저런 책 수양삼아 재미 삼아 무당巫堂들의 세계 즉 육효六爻 하는 곳에 들어가 보기도 했습니다. 그 육효 안에 '거자필반'(去者必返:그 사람이 떠났는데 훗날 기약을 했다면 혼으로 만나는 것)으로 끌고 갑니다. 그 외는 잘 모르겠습니다. 한때 길거리에 돗자리 깔고 살아라던가. 전국에 내로라하는 무당巫堂들이 저보고 할배라는 칭호를 쓰면서 찾아 와서 저의 소매자락을 잡아당기는 우스운 적도 있었습니다. 나중 인연법으로 뵈오면 죽은 자의 영혼들이 구천으로 떠돌다가 달라붙어 괴롭히면 생과 사 문제시 육효六爻로 다스리는 법이 있다고 하는데 저는 아직까지 해본적은 없습니다.

왜냐면 투시透視를 하면 전신 몸이 아파오죠! 한 시대를 같이 보내고 있는 사람 중에 우연이든 필연이든 직 간접적으로 알게 되어 서로에 대해 조금이라도 질문에 답이 되는지 죽은 자는 말이 없습니다. 우선 산자를 위해 예방은 해야 하니 죽었는데 생사람으로 살아 돌아오는 법은 없으니 어떡합니까! 그 영혼이라도 달래어야 하니깐요. 책대로라면 믿기지 않는 말 많이도 있어 오늘은 책을 덮으렵니다.

'신은 죽었다.' 니체의 말대로 나중에 그 중년의 여인은 혼자된 무속인巫俗人이었습니다. 그리고 죽을 때 스님만 사리가 나오는 것이 아니고 책을 많이 읽고 마음의 수양 길로 살아가시는 분들도 화장시 사리가 나온 답니다.

　요물은 살며시 다가옵니다, 어떻게 피해야 하죠? 인간사 허접한 일상과 관심사에 대하여 오늘 이렇게 횡설수설 해 보았습니다. 항상 강건한 삶 되시길요!

노년의 건강한 삶 그리고 자가진단

 2018년도가 시작되고 노년老年의 안정安定된 삶을 위하여 자식들에게 신세지기 싫어 차근차근 준비하고 대비하다가 1차적으로 자가 진단으로 해당 되는 것부터 하자 싶어 가능한 건강 체크 몇 가지를 적어보았습니다.

 기준은 앞전 약 2개월 정도 병원에 있을 때의 병실을 기준으로 삼았습니다.

 1) 만성 폐쇄성 폐질환(즉 산소통 끼고 살아야 하는 것)

 2) 만성 신부전증(투석실에서 묶여 지내며 살아야 하는 것)

 3) 판막 협착증(움직이면 어지러워 살아가는 것)

 4) 낙상 골절(누워 지내며 살아가는 것)

 5) 노년 우울증(세상과 담쌓는 신세로 하루 이틀 약물로 살아가는 것)

 6) 뇌경색 후유증(간병 신세 지며 살아가는 것)

7) 치매(자식도 친구도 못 알아보며 살아가는 것)

8) 척추관 협착증(즉 삶을 앉은뱅이 생활을 하면서 살아가는 것)

9) 노인성 망막질환(시력이 상실되면서 약물로 살아가는 것

10) 치주 질환(맛있는 거 못 먹으며 살아가는 것)

저에게는 얼마 전에 쓰러진 경험으로 여섯째에 해당하는 뇌경색 후유증이 약간 있습니다. 해서 2018년도에는 고추농사를 할 수 있을지? 없을지? 자가 진단을 해 보았습니다.

음… 지금 '삶 방'에 타이핑 하며 글 쓰는 것으로 보아 걷고 움직이는 데는 별 무리가 없어 보입니다. 외관상은 이상 없는데 혈압 때문에 장기간 밖으로 다니지 못하니 약간 갑갑합니다. 서울 모임에도 나가 보고 싶은데, 님도 만나고 싶고 술도 한 잔하고 데이트도 하고픈데 추운 날 못 나가게 합니다. 하지만 병원에서 주는 약을 먹고 지내서인지 책 읽고 글 쓰고 ○○○ 곳에서 시문학, 인문학 배우려고 오시는 분들과 차 마시며 대담對談 할 정도입니다.

유일한 취미가 컴퓨터 앞에 앉아서 책 읽는 것입니다. 그리고 마음은 늘 님들 내면의 얼굴이라도 뵙고 혹 사랑이 끝난 뒤 때늦게 여울져 오는 그리움 하나 있다면 아무도 모르게 살짝 담아 나만이 가꾸고 싶은 시간입니다.

갑갑할 뿐, 움직이는 데에는 지장이 없으므로 제 나름 자가진단 결과 올해 고추농사도 무난할 것 같습니다.

무소유無所有

'무소유'는 모든 것을 버린다는 뜻이 아니라 필요 없는 것을 가지지 않는다는 뜻입니다.

법정 스님의 말씀처럼 무소유를 생각하면서 살기란 간단한데도 참으로 어려운 것 같습니다. 겨울 산에 언 발을 묻고 우리가 이 풍진 세상 무엇 때문에 사는지, 어떻게 사는 것이 내가 행복해지는 길인지 갈망해봅니다.

보통 사람들은 행복하게 사는 조건으로 "무엇을 많이 가지고 있는가?"라는 권력이나 물질적 소유를 기준 삼습니다. 어려서부터 열심히 공부해서 좋은 대학에 들어가고 명예, 권력 다 얻어 남들 앞에 떵 떵 거리며 부자로 사는 것을 말합니다. 물론 조금 생각이 있는 사람들은 정신적인 부유함이 물질보다 앞서야 한다고 말하지만 이 세상의 명예나 권력, 꿈과 의지 그리고 사랑 등 사람이 이 땅에 태어나서 고생고생 해가며 얻어나가야 할 것이 한두가지가 아닙니다. 모든 것은 소멸할 것 들인데, 그것을 얻기 위해 아등바등 갖은 고생을 하는 것입니다.

　그러한 과정 속에서 살아가는 우리들은 또 얼마나 그 삶이 추악하고 피곤할까요. 때로는 더러운 짓을 하며 사는 사람들도 있습니다.

　일곱 번의 고개를 넘기며 살다보니 깨달은 것은 얻기 위해 살아가는 일보다 얻은 것을 버리며 살아가는 것이 행복한 삶이라는 것에 수긍하고 그렇게 살아야 한다는 것에 실천하게 됩니다. 바로 법정스님이 설파한 무소유의 참된 의미이겠지요.

　진정으로 행복한 삶을 누리기 위해서 걸림돌이 되는 것들을 갖지 않는 것이 현명하겠지요. 헌데 지금 당장 닥쳐온 5670 세대들이 살아가려면 당장 쇄푼이라도 더 늙기 전에 가지고들 죽어야 한다는데, 그래야 자식들에게도 버림 안 받고 산다는 것이 현실이기도 합니다.

　저도 지금 70대에 무소유의 삶으로 살아가려고 애를 씁니다만, 그게 마음만큼 잘 되질 않습니다. 다 버리면 당장 죽을 것 같습니다. 그래서 아래 詩 한편을 끄적거려 봅니다.

　　내 그림자

　　내 삶이 시작될 때부터
　　한시도 내 곁을 떠나지 않았던 너

인제 저 노을이 다가오면서
지난 세월 잔해에 묻은 먼지까지
이제는 다 지워 버렸는데

미련과 허상 후회하는 그리움은
인정이 떠나간 자리에
발목을 잡고 수군거리며
돌아선 님이
보지도 못할 눈물을
자꾸만 흘리게 하네

조각난 기억 하나
잔인한 권태
내 입술 마신 술병마다
바람에 쓰러지는 소리를 들었는지
잎새에 뒹구는 밤이슬에 나의 삶
그림자 하나를 헹군다

늑대가 왔습니다

　제가 부모님 욕하는 것은 아니지만 요즘 생각하니 명절 끝에 제사를 지내고 나니 약간 아버님 어머님 생각이 나서 웃음이 나는 이야기를 몇 자 적어봅니다.

　사실 부모님들은 자신들의 사랑의 작품 중에 네 번 째 아들을 무척이나 좋아했습니다. 어느 집이나 막둥이를 더 많이 이뻐 하니 별 대수는 아니었습니다. 그래서 늘 막둥이를 사랑하셨기에 막둥이 집에서 오랫동안 계셨습니다.

　첫째는 성격이 무덤덤한 편이고 둘째는 워낙 두뇌가 명석하고 셋째는 좀 타산적이면서도 잘 따지는 편이죠. 헌데 사건의 개요는 부모님께옵서 넷째 아들 내외가 조카들 데리고 휴가를 가고 없을 때 빈 아파트 집 지키기를 했는데 짜장면, 짬뽕, 탕수육 등 등을 시켜 잡수신 모양입니다. 그런데 평소에 잘 안 잡수셨던 기름진 음식을 너무 많이 드셨는지 어머니가 탈이 나 두 분이 병원엘 가신 모양입니다.

헌데 문제는 아버님께옵서 어머니가 아프면 무조건 아들 4명에게 전화를 합니다. 부모님께서 전화 할땐 째끔 신경이 쓰일 수밖에 없습니다, 첫째+둘째+셋째+넷째에게 같은 내용 건으로 전화를 돌리십니다.

아버님 말씀 "너희 엄마가 다 죽어간다. ○○대학병원 응급실에 입원했으니 그리 알아라!"(일방적으로 전화를 끊음.) 아버님 연락을 받은 네 자식들은 각자 우의 있게 돈을 준비하여 화급히 입원한 병원으로 갔습니다. 그런데 응급실에 들어가 보니 어머니는 응급환자가 아니라 생생하게 앉아 있었습니다.

우선 의사에게 물어본 내용은 음식을 잘못 잡수서 체한듯 하니 하루 정도 입원한 후 퇴원하라는 말씀이었습니다. 그래서 각자 가져간 돈 거두어 어머니 입원한 침대 매트리스 밑에 넣어 드렸습니다.(대략 100만 원 정도)

그리고 시간이 흘렀습니다. 그런데 3~4개월 후에 똑같은 상황이 전개 되어 아버님의 부름에 자식들이 황급히 뛰어갔습니다.(그때도 대략 100만 원 정도 각출함) 재미를 붙인 아버님과 어머님은 이번엔 1개월 만에 아버님은 또 자식들에게 어머니 응급실행을 긴급타전 했습니다. 저는 진짜 응급상황도 아니면서 또 이러신다 싶어 가질 않았습니다. 그런데 나만 안간 것이 아니라 세 아우들도 저와 똑 같은 심정으로 아무도 가질 않았답니다.

이솝이야기 '양 치는 아이'도 "늑대가 왔습니다." 해도 여러 번 당한 마을 사람들이 또 안 속는다 싶어 안 갔듯이 저희 4형제 아들 며느리 어느 한사람도 나타나질 않았습니다. 그때 아버님 마음은 어땠을까요?

　오늘 명절에 부모님(96세+90세) 돌아가신 영정 사진을 보니 그때 생각이 나 미소가 찾아왔습니다. 당시는 조금 미웠지만 여전히 사랑했기에 살아 계셨을 때가 훨씬 더 좋았습니다.

뚝 안 그치면 잡아간다

유년기 시절 배가 고프거나 넘어져 무릎이 깨여져 피가 나도 가지고 싶은 물건은 꼭 가져야 하는 습성이 있었습니다. 나의 소유욕을 관철시키기 위해 억지를 부리고 앙탈을 부리는 호소력의 한 방법으로 '울음'이라는 무기를 내세워 온 동네방네를 시끄럽게 하는 것이 최고의 수단이었습니다.

당시 할아버님(70)은 손주가 어떤 모욕과 생떼를 부리며 울고불고 해도 늘 웃음으로 대해주셨습니다. 그렇게 울면 안방 오시이레(おしいれ, 붙박이장)로 나를 데려가서는 맛난 홍시를 깨내 주시곤 했습니다. 맛난 홍시 맛을 알고 난 부터 저는 이후 틈만 나면 울음의 무기를 내세웠고 할아버지는 응당 부드러운 미소로 저를 달랩니다. 저는 그러한 할아버지의 손을 붙잡고는 안으로 들어가 할아버지를 엎드리게 하고는 제가 등 위에 올라 오시이레 안을 더듬더듬 거려 겨울철 홍시를 찾아 먹곤 했습니다. 마음이 급해 1개를 먼저 입안에 넣고 나머지는 떨어뜨려 할아버지 머리에 홍시가 터져 반질반질한 머리에 빨간 홍씨 껍질로 마사지를 당해도 단 한 번도 나무라지 않으셨습니다. 그렇게 전 울음의 무기를 내세워 할머니(70)가 몰래 넣어두신 홍시나 샌베이(せんべい) 과자, 엿과 사과 등등 먹을 것을 독차지 했었습니다

하지만 저는 할아버지의 자애 때문에 맛난 것을 곧잘 먹을 수 있었지만, 실은 저를 무섭게 하는 것이 없었던 것이 아닙니다.

3살 때부터 8살까지 아버님과 어머님, 삼촌. 고모, 할머님, 이웃집 아주머니 등 주위 분들로부터 하루에 한번 이상 나의 뇌리에 기겁을 할 정도로, 귀속 깊이 못이 박히도록 들려주었던 딱 세 마디가 있습니다.

첫 번째, "뚝! 안 그치면 호랑이가 잡아 간단다!"
두 번째, "뚝! 안 그치면 늑대가 잡아간다!"
세 번째, "뚝! 안 그치면 순사(순경)가 잡아간다!"

이 3가지의 말을 들으며 처음 몇 년 동안은 진짜로 무서워 불만이 있거나 아파도 울음을 그쳤습니다. 하지만 호랑이와 늑대를 한 번도 본 기억이 없어 시간이 지날수록 무서움이 사라졌습니다. 다음으로 순사(순경)는 읍내 파출소에 가도 책상에 모여 있고 수시로 자전거 타고 마을 어귀마다 따르릉(순찰)거리며 다녔기에 가끔 본적이 있었습니다. 무엇 때문에 자전거를 타는지, 자전거 뒤에 가르다란 노끈과 고무줄도 있고 해서 '누군가를 잡으러 다니는 사람'이라고 평소에 눈여겨 보아온 터라 순사라 하면

무섭다는 생각이 더욱 더 깊어졌습니다.

하루는 의예 "뚝! 안 그치면 순사(순경)가 잡아간다!" 이 한 마디에 난 꼼짝달싹을 못했습니다. 완전히 전의를 상실하고 온몸의 힘이 쫙 빠지면서 아랫도리에 힘도 없고 때론 오줌도 싸곤 했습니다. 심지어 얼마나 무서웠던지 창백한 얼굴로 소 마구간에 숨어 있다가 생 똥을 쌌습니다. 한번은 마구간에 삐까리(짚 더미) 덩쿨덤불 덩어리에 숨었다가 잠이 깜빡 들어 우리 집 온 식구가 나를 찾으려고 햇불을 들고 이 산 저 산 이름을 부르고 난리를 친 적이 있습니다.

그만큼 난 순사(순경)를 무서워했고 안 잡혀 가기 위해 필사적이었습니다. 하루는 추운 겨울날 순사(순경)가 진짜로 우리 집에 왔었습니다. 기억을 더듬어 보면 구정 설날인 것 같습니다. 지금 생각하니 순경 정복을 입고는 자전거를 타고 와서는 모자를 쓴채 작은 방망이를 옆구리에 차고 할아버지의 안방에 들어가 큰절 하고는 마당에 내려와 연신 꾸벅꾸벅 거리다가 사립문으로 나갔습니다.

나는 혼자서 아~하, 그렇다면 이 세상에서 제일 무서운 순사(순경)가 우리 할아버지한테 꼼짝달싹 못하니 우리 할아버지는 나한테 꼼짝 못하니깐 지금부터 잡아간다는 생각은 아무런 의미가 없을 것 같았습니다. 그리하여 하루는 순사(순경)가 보이는 곳에서 일부러 할아버지 거시기 쪽 왼쪽과 오른쪽 솜바지 가랑이 사이로 들어가 버르장머리 없이 대들어 삐딱하게 딱 폼을 잡고는 '당신이 꼼짝 못하는 할아버지는 나한테 꼼짝 못한다'는 것을 증

명해 보여 주곤 했었습니다.

세월이 흘러 오늘 내 나이 71살(머리가 백발) 뇌경색에 남의 차로 운전을 잠시 하다가 신호위반에 걸렸습니다. 어릴 적 제일 무서웠던 무시무시한 순사(순경)가 가까이 다가와 거수경례와 동시에 내뱉은 말이 "신호위반하셨습니다. 도로교통법을 위반하셨으니, 어르신 면허증을 보여주세요."(일명: 딱지 끊기)

하태수 아~네. 순사(순경)아저씨. 이 길로 가, 가려다 저 길로 가는 바람에...(구차한 변명이 많다.) 좀 봐주지! 딱 한 번만 눈감아 주면 안 되겠나!~

순경 어르신, 일단 운전면허증 내 보세요!

하태수 아~ 네. 네.

운전 면허증을 째려보는 순사(순경)아저씨 죽을 때 까지 만날 일 없겠지만 그는 마치 내 유년시절의 순사처럼 내 시야 안에 바짝 들어 왔습니다. 젊은 순경의 눈이 억수로, 엄청 무섭습니다. 한복 바지 중앙 위치가 좀... 거시기가 이상하다는 생각이 들었습니다.

몰래한 정열

우연하게 인터넷에서 한 여인을 알게 되어 열심히 소리 소문 없이 사귀었습니다. 그 여인은 현모양처의 자질뿐만 아니라 경제적 능력까지 겸비한 수퍼우먼superwoman으로 저의 마음을 사로잡았습니다. 얼굴은 당연히 모르고 나이도 모르니 궁금증 때문에 재미가 더 쏠쏠하여 있는 밑천 없는 밑천 다 드러내 놓고 그 여인의 환심을 사기 위해 전심전력을 다했습니다.

저의 모습은 꼭 20대 사법고시 공부하듯 열정적이었습니다. 아무도 저의 행동을 제지 하지 못했습니다. 책상 너머 기웃거리는 자 없어 항상 그 시간 때에 커피 향기와 함께 혼신의 정열을 퍼붓고 있었을 무렵 목적은 언제 어느 때 저 여인과 한번이라도 만나야 할 텐데… 하는 그 일념 하나밖에 없었습니다.

때론 쓸데없는 철학적 배경 설명도 나오고 교양미가 철철 넘칠 정도며 당대 최고의 학벌과 그 학문적 요소에서 풍기는 멋은 저로 하여금 푹 빠져 헤매이게 하였습니다. 특히 저는 그 당시 좀 삐딱하게 "프티부르주아 사회주의 선언"을 읽고 있었던 터라 프티부르주아petit bourgeois 사상도 내뱉으면서 내가 기억하기에는 똑똑한 체 그 지식과 상식 다 쏟아내야만 했습니다. 특히 마지막 "겸손은 만물의 미덕" 이란 주제의 대화 속 그 여인의 목소리는 젊은 40대 지성이 넘치는 목소리로 들렸습니다. 소크라테스와 플라톤, 아리스토텔레스 철학 등등 앞뒤 질서 없는 배경과(I think therefore I am), "나는 생각한다, 고로 존재한다." 굉장히 유명한 데카르트의 명언까지 들먹였습니다.

또한 성서의 일곱 가지 미덕인 자비, 신종, 정의, 절재, 믿음, 희망. 그리고 용기라고 말했습니다. 시간이 흐르고 계절이 바뀌어 사랑 한다고 하면서 온갖 자신이 지어낸 거짓뿌랑으로 서로가 그 시간 때에 맞추어 휴대전화 번호를 잊어버려 다시 알려 주시면 한 번 더 목소리라도 듣고 싶다고 했더니 극구 들을 필요도 없고 만날 필요도 없다며 사양하는 여인이었습니다.

그 여인은 "저의 목소리를 자주 들으면 실망을 합니다." 하기에 더욱 더 호기심을 갖게 하였습니다. 저 인생사에 이렇게 까지 정열적으로 신경을 써본 경험이 솔직히 없었습니다. 내가 눈이 완전히 뒤집혔나 봅니다. 그 당시 앞뒤 구분을 할 수 없을 정도로 학문과정과 인생사를 토로한 그 미지의 여인에게 미쳐 있었습니다.

그러던 첫눈이 내리는 어느 날 공설운동장 앞에서 만나기로 했습니다. 저는 영화에 나오는 주인공이 된 기분이었습니다. 운동장 앞에 만나기로 했으니 승용차(그 당시 그랜저, 휴대폰 장착됨)부터 깔쌈하게 세차하고 검정 싱글 양복에 롤렉스, 금장 와이셔츠 그 당시(수입 50만원 상당), 프랑스 고급향수 몇 방울과 구두를 빤짝빤짝 윤기 나게 닦아 신고는 소변까지 누고 싶어도 참으며 있는 폼 없는 폼 다 잡고 나갔습니다.

드디어 첫눈 내리는 운동장에 한 여인을 발견하고는 두 발을 제대로 걸을 수가 없었습니다. 하지만 가슴 떨며 그 여인에게 다가가고는 아연 실색을 하지 않을 수 없었습니다.

"만나면 안 된다고 했음에도 꼭 만나자고해서 나왔어요. 실망했지요?"

그 여인은 수줍게 절 보며 말을 했습니다. 이 말을 듣는 순간 남을 속이고 속이면 결국 자기도 속게 될 텐데... 하는 상대에 대한 원망만 가득 치솟았습니다. 저보다 대략 보아도10살 정도 많아 보이는 바싹 마른 마귀할멈 캐릭터character가 왼손 안에 이브껌 종이를 쥐고 짝짝 껌 씹는 소리가 쭈글거리는 목줄대를 타고 저의 시야와 귓전에 까지 들려 왔습니다.

쓸데없는 정열로 사람 피를 말리던 시간은 온데간데없이 사라지고 멀쩡한 사람 놔두고 한때 다른 여성과 날라리 로맨스는 마지막 에필로그epilogue 맨 끝의 한 문장 "넋 나간 놈"처럼 멀거니 서서 펄펄 날리는 첫 눈송이만 바라보고 있었습니다. 그날의 그 기분을 어떻게 표현하기가 어렵습니다. 이게 익명성이 보장된 인터넷의 속성입니다.

그리고 그 악연 경험 이후 여자라면 오늘까지도 누가 먼저 좀 만나자고 해도 외면합니다. 그 당시의 상처 때문에 그 여인의 쭈글거리는 껌 씹는 소리가 지워지지 않아 커피숍에 여자와 커피 한 잔 마시는 일 현재까지 하지않고 있습니다. 누가 뭐래도 전혀 반응이 없고 좁쌀 서러운 촌놈이 되어 자신의 치부를 숨기려고 수작부리는 자잘한 삶을 시잘때기 없이 그렇게 까지 아부阿附와 허영虛榮으로 살았는지, 때론 가끔은 헛땐 생각이 들어 삶의 중심이 흔들릴 때가 많습니다.

그 욕망欲望 을 눌러놓고 소중한 이 짜뚜리 삶 한곳에 머물도록 자연으로 승화시켜 산으로 들로 봄을 맞이하며 현실 속에 오귀스트Auguste Rodin 로댕이 되어 찌든 몸과 마음을 깨끗한 자연 속에서 오염 되지 않은 순수 그 자체로 살아가자 단단히 마음을 옥죄고 있습니다.

당신 하고는 코드가 안 맞아

예문)

코드chord는 우리말로는 '화음和音'이라고 한다. 화할 화和, 소리 음音, 즉 높이가 다른 '음(소리)'이 동시에 울려 '조화'를 이루는 것. 다시 말해, 도~ 이렇게 소리 '하나'만 울리면 코드라고 하지 않지만 도, 미, 솔 혹은 도, 솔, 미 혹은 도, 미….처럼 2개 이상의 음이 동시에 울리거나, 윙윙윙 하고 순차적으로 악기를 다룰 때 만들어지는 소리 즉 같은 성향의 화음을 맞출 줄 알 때 바로 코드chord라고 생각합니다.

왜 이 말을 하느냐 하면 특히 늙어서 더욱더 삶을 살아가다 보면 남녀 간에 생활 속에서 많이도 느껴질 때가 많습니다. 특히 저는 요즘 5670 동행 삶 방에서 씨잘때기 없는 글을 써내려 가다가 1)체험의 글 2)댓글=이 곳에서 멈칫 그 느낌 하나로 코드가 참 맞다, 혹은 나의 짝지 같이 좋다, 라고 느낄 때가 있습니다. 많이 배우고 못 배우고가 아니고 그 성품을 엿볼 수 있습니다. 그럴 땐 가까이 있다면 와락 보듬어 주고픈 이뻐서 와락 안아주고픈 충동도 느낍니다. 그러나 또 한 편 다른 분은 엉뚱한 질문과 불필요한 넋두리로 자기 삶도 아니고 어디서 퍼온 글을 식상하게 올려놓고 한참 멋을 부립니다. 미칩니다. 콱 쥐어박아 주고 싶습니다.

특히 자기 삶의 체험을 쓰라고 설명+체험=을 읽고 있으면서 영 뚱딴지같은 소리를 써 내려가니 왜 저럴까? 라고 저는 생각하게 합니다. 늙어서 할아버지+할머니=코드가 딱 맞으면 우선 정신적으로 미소를 지으며 말이 별로 필요 없고 저놈의 영감쟁이가 오늘 밤에도 엉큼스럽게 보듬으려고 생각한다라고 준비를 합니다. 비록 스킨십 능력밖에 못하지만 할매로서 즉 코드가 맞습니다. 한데 이웃집에 고도리 새 잡으로 가면서 하얀 밤을 지새우고 싸돌아다니면 코드가 안 맞습니다.

저는 앞으로도 할배+할매 코드가 맞는 친구를 찾을 것이며 가꾸고 싶습니다. 인물은 못났고 뚱땡이라도, 쭈글망탱이라도 코드가 맞으면 두 팔 벌려 미소로 환영합니다. 저도 주름 많은 할아버지이니까 코드는 맞아야 서로가 편안합니다.

각자 매일 말 한마디 없이
흔들다가 사라집니다

어느 순간부터 머리도 멍청해지고 일상생활에서 무언가를 할 때 집중력이 현저하게 떨어져서 엄청 불편합니다. 예를 들면 두뇌회전이 느려지는 현상입니다. 책을 읽어도 내용이 잘 이해되지 않아서 반복해서 읽게 됩니다. 상대방의 말뜻을 이해하기 힘든 증상이 나타나고 노래도 클래식을 듣기 좋아 했는데 갑자기 언제부턴가 유행가를 듣고 싶습니다. 그리고 키 큰 할아버지가 손뼉을 치고 바보 같이 흥얼댑니다. 한마디로 이상한 행동의 할아버지로 탈바꿈 현상이 되어 갑니다. 무슨 노랜지도 잘 모릅니다.

허나 언제부턴가 딱 하나 이 소리에 앞 뱃가죽을 쥐고 흔들흔들 하면 옆집에 독거노인 선배(80대) 한사람이 인사도 없이 와서 매일 같은 시간에 빤히 쳐다봅니다. 제가 약간 할 푼 한 듯 미친 영감쟁이 같아 보이는지 걱정스럽게 옅은 미소를 던지며 자꾸자꾸 바짝바짝 따가온 표정으로 젊잖게 쳐다봅니다.

어떤 노래냐고 제가 한 번도 물어볼 필요 없이 박자도 하나도 안 맞고 틀리게 두 손을 흔들며 아래로 아래로 자꾸만 그 선배님 아무 탈 없이 말없이 쓸쓸함과 외로움을 마음에 담아 몸을 흔듭니다. 모든 게 순간, 그 선배도 저와 같은 두 할 푼 한 또라이가 되어 있습니다.

다른 사람은 없다고 생각되는 듯 혹시나 하고 밖을 쳐다보면 왼쪽 집 돌담 넘어 손을 흔드는 또 한 분 선배님(77)이 담장 너머 추운데에도 이 소리를 듣고 아랫도리 두 다리와 삐짝 마른 궁댕이를 실룩거립니다. 이젠 합이 세 사람이 이 뽕짝 소리에 제 멋대로 흔듭니다. 아무런 말이 필요 없습니다. 음악이 끝날 때까지 세 사람이 각자 자기 집 자기 방 위치에서 볼륨소리만 올려주면 벌건 대낮에 그 누구도 간섭 없이 흔들고 있습니다. 곡명은 모릅니다. 알려고 생각지도 않습니다.

2개월 째 매일 똑같은 노래에 약속도 없이 각자 흔들고 잠깐 만나고 사라집니다. 언제까지 기약도 없습니다. 시끄럽다고 아니 말할 필요가 없습니다. 당분간은 계속 될 듯 싶습니다.

수많은 만남과 인연 속에서

　사람은 수많은 만남과 인연 속에서 살아갑니다. 그 중에서 요즘 저는 여기 삶 방에 생활하면서 얼굴도 모르면서 늙어가는 나의 일기를 끄적이면서 많은 분들께 이런저런 넋두리를 하고 있습니다. 그러면 꼬리 글이 달립니다. 그 다음 회원정보 보기란에 남자인지 여자인지 확인 후에 한참 있다가 꼬리 글을 답니다. 그리고 상대방의 본 글이 써졌으면 다시 꼬리 글을 달아봅니다.

　그런데 인터넷 속에서의 세상은 제가 살아온 세상살이와는 많이 틀립니다. 너무나 거리가 먼 이야기로 자기 자신이 잘 나갔던 자랑이라던지, 자식자랑, 영감자랑, 손주자랑 등등이 나오면 관심 없이 읽어보다가 나가버립니다. 나의 뇌리에서 반응이 별로다. 왜 그럴까요! 홀아비 글은 별로 재미가 없습니다. 헌데 혼자된 할머니가 살아가는 것은 끝까지 읽어봅니다. 그렇다고 그 할매를 유혹誘惑 하고 싶은 생각은 추호도 없습니다. 다만 우리가 언젠가는 혼자가 되어 살아갈 것인데 누구나 늙으면 하루 먼저 가고 늦게 가고 이러한 삶이 되리라 생각만 할뿐입니다. 그래서 관심을 가져 볼 뿐 이성적인 두근거림과는 거리가 멉니다.

배움의 척도尺度에서 과거 학교 선생님, 교수, 정치가, 지도자 급 사생활私生活 등등에 대한 관심은 눈꼽만큼도 없습니다. 그 사람이 자신에게 부여된 책임에 어떻게 응답할지가 궁금할 뿐입니다. 다만 노인들은 자기의 득도得道로써 건강관리를 어떻게 하며 성숙된 모습으로 삶을 추구하며 살아가는 가가 궁금할 정도입니다. 소박 하고 순수純粹한 문체를 통해 엿볼 수 있어 여기에 잠시 머물고 있는 것 뿐입니다. 그러고 보니 늙어 죽을 때까지 삶의 공부를 통해 만남부터 시작이 섬씽something이라면. 나씽nothing을 거쳐 지금은 에브리씽everything 단계에 와 있는 것 같습니다.

사색과 검색

위 제목에 대하여 보다 적확한 정의를 확인하고자 사전을 찾아보았습니다.

　–사색(思索): 어떤 것에 대하여 깊이 헤아려 생각함

　–검색(檢索): 1) 책이나 컴퓨터+휴대폰에 들어 있는 자료 중 필요한 자료를 찾아냄

　　　　　　　2) 범죄나 사건을 밝히기 위한 단서나 증거를 찾기 위하여 살펴 조사함

검색은 휴대폰이나 컴퓨터로 하는 것이 일상생활이 되었기에 크게 불편함이 없습니다. 그러나 사색은 우선 무엇을 어떻게 해야 하는 것인지? 사색思索을 할 줄 모릅니다. 통상 조용히 명상하듯 생각에 잠기는 것은 일반적으로 다 아는 사실이고, 진정한 '사색'은 다른 방도가 있는지 궁금해졌습니다. 하여 인터넷 창에 도움이 되는 거라도 있는가 하고 '사색'을 검색합니다.

손에 핸드폰을 들고 이리저리 서핑을 합니다. 그러다 문득, 이게 뭔가? 사색은 안 하고 사색을 검색하다니? 우리가 언제부턴가 작은 문제라도 생기면 그걸 생각하기보다는 인터넷부터 찾는 버릇이 생겼습니다. 우리의 생각은 어디로 언제부턴가 사라지고 인터넷의 노예가 되어 있다니....

갑자기 허망합니다. 그러고 보니 사는 동안 앉으나 서나 사색思索을 잊어버렸습니다. 지금껏 스마트폰에 구속당해 있다 보니 제가 좋아하는 책도 멀리 한채 사색을 잊어버리고 말았습니다. 겉으로 드러나는 것만 보고, 정보만을 탐하며 깊은 생각을 하지 않았습니다.

보통 사람들은 사색의 중요성重要性을 알고 있으면서도 사색을 통한 대화의 중요성, 사색이 주는 자기 자신의 모색을 하는 그런 즐거움을 잘 모르는 같습니다. 그래서 창조적이지 못하고 수동적이고 간편한 휴대폰 검색에 매달리는 것 같습니다.

검색과 사색은 분명 다릅니다. 사색은 시선을 바꾸고, 정보를 결합 하고, 새로운 것을 창조해 내는 사람이 사색가思索家입니다. 사색할 줄 아는 사람만이 자기 삶을 제어制御할 힘을 가지게 될 것입니다. '내 사색의 한계가 곧 내 삶의 한계'를 기억하라고, 사색할 줄 모르는 사람은 세상의 노예로 살아가게 된다고 누구는 말합니다.

나는 휴대폰을 통한 지식의 홍수 속에서 너무 쉽게 지식을 얻는 것 보다 이 봄(春)에 좀 더 깊이 생각하고, '왜 그럴까?' 라는 봄의 '아지랑이'의 전령으로 사색의 시간과 창의적인 발상을 가져보자는 의미를 다시금 찾아보고 싶습니다. 그렇다고 너무 속 깊게 '짜라투스트라'처럼 자신의 내면으로 들어가서 기존의 가 치에 저항하고 새로운 자신의 가치를 추구한다던지 혹은 니체가 '왜 살아야 하는지를 아는 사람은 그 어떤 상황도 견뎌 낼 수 있 다.' 라는 논리와 싸우듯한 그런 심오한 사색을 하자는 것은 아 닙니다.

딱 하나 독자 분들에게 부탁하고픈 것은 컴퓨터나 폰에 중독 되어 바보같이 살지 말고 사색을 통해 내면적 자기 충일성을 채 우라고 꼭 권하고 싶습니다. 스스로 충만한 자는 남에게 비굴하 지도 고개를 숙이는 일도 없습니다. 그만큼 당당하니까요.

바다

70대의 삶이란 어떻게 살아가야 하는 것인가? 하고 이 가을 한번 생각해 보았습니다.

우선 촌스러움을 싹 벗고 누렇게 변색되어 제법 묵은내를 풍기는 오래전 책을 꺼내어 먼지를 털었습니다. 시간의 먼지 속에 가려진 장면이 언뜻언뜻 비치면 제가 품은 한숨과 번뇌가 뒤미처 다가왔습니다. 점점 자신의 세계를 완성해가는 사람들도 많지만, 지금은 자연으로 돌아가야 하는 것이라고 평소에 생각 했기에 모든 행동 하나하나를 욕심 없이 생을 이어가야겠다고 되내어 봅니다.

남들이 다하는 행동반경은 거의 비슷하다고 느끼지만 저는 대략 50년 넘게 덩치와는 달리 사색思索을 즐기다가 누군가의 권유로 인하여 글 쓰는 취미를 가지게 되었습니다. 이후 지금까지 글짓기가 생활의 취미가 되어버렸습니다. 사람은 누구나 하나의 하루의 일과가 꼭 노트에 적지 않더라도 일기장처럼 기억의 저장고에 남겨둡니다. 하지만 시간이 지나 그 기억의 저장고를 열어 꺼집어내려면 가물가물 생각이 잘 나지 않습니다. 글 쓰는 데에 익숙하지 않은 분들은 그래서 쉽게 잊어버리고 있는 것인지도 모릅니다.

그 중요성을 조금이라도 빠르게 느끼시는 분은 자서전을 써 책을 만들어 자신의 흔적을 남기기도 합니다. 하지만 하루의 일과나 상상의 소재들을 가지고 글로 창작해 가는 것이 그리 쉬운 일이 아닙니다. 그러나 글쓰기란 것이 순간순간의 느낌이 와야 제대로 쓸 수가 있습니다. 마냥 펜을 든다고 쉽게 뚝딱하고 글이 쓰여 지는 것이 아닙니다.

최근 입속에, 머릿속에 맴도는 '바다'를 주제로 산문보다는 시를 한번 써보았습니다. 물론 '바다'는 풍경의 바다가 아닌 제 마음 속 깊은 젊음의 열정을 표현한 것입니다.

바다

묵은내가 나는 삶
고단한 일상에 휘둘리면

나,
시간의 밑바닥에 깊이 잠재워둔

바다를 꺼내본다

처음엔
푸르고 힘차서
살아 출렁이는 그 생명력이 두려워,
나의 바다를
눈물겹게 감추어 두었다지,

그러나 진정 힘겨운 어느 날
그는 속삭인다.
울어라! 분노하라! 외쳐라!
운명에 부닥쳐라!
그리고 살아 숨 쉬어라!

그대가 나를 잊어버린다 해도
나는 그대를 늘 지배하고 있으려니
어리석은 사람아,

인젠 묵은내가 나는 삶의 온갖 허울들을
누더기처럼 걸치고 마음에 무가보無價寶를
감추고 지금 어느 곳에서
홀로 지쳐가고 있는가.

생애 한 번으로 족할 그 벅찬 만남!

생각을 무명실에 널어 말린다는 진실
깨끗한 빈 가슴 하나 지니고
내게로 오라,

와서 더 깊은 바다가 돼라.

의지 할 것을 의지해야지

나이가 들어감에 따라 몸이 불편해질 때마다 아들이든 딸이든 자식에게 의지 하려는 마음이 생깁니다. 특히 비오는 날이나 추운 날에는 답답하여 아무나 붙들고 이야기를 하고 싶습니다. 음식을 먹는 식탁에서나 잠자리 대화하는 사람, 손자, 손녀, 친구, 이웃 할 것 없이 가까이 있거나 자신과 잘 아는 사람이 있다면 무조건 의지 하려는 마음이 생깁니다. 특히 울적하고 외로울 때, 아플 때에는 가까이 있는 사람에게 의지 하고픈 마음의 동요가 생깁니다.

요즘 제가 바로 그런 마음입니다. 지금, 이성적으로 정신적으로 물질적으로 누군가에게 좀 더 가깝게 의지하고픈 마음입니다. 외로운 마음은 아니고 아무튼 하루 24시간 중에 잠자는 시간은 제외하고 누군가에게 내 얘기를 하고 싶고 갑갑하다고 말하고 싶습니다.

휴대폰을 만지거나 텔레비전을 보거나 음악을 듣거나 병원에 가거나 성당에 가거나, 절에 가거나. 하루 일과 중에 비용 많이 안 들고 가깝게 대화하고 차 마시고 할 정도로 친구가 있었으면 하는 바램입니다. 헌데 어디 가서 누구를 붙잡고 이야기 할까요?

혼자 골몰히 생각해봅니다. 어떤 좋은 방법이 없을까? 등산을 가 사람들을 만나려니 다리가 아프고. 걸어보니 온몸이 쑤시고 컴퓨터도 눈알이 아프고, 음악을 오래 들으니 귀찮고. 노인정에 가보니 수준이 안 맞고, 화투놀이도 한두 번이지 그것도 그렇고. 아무튼 별로입니다. 책을 보니 머리 아프고 우째야 될지 고민입니다. 다 살았는가 봅니다.

마음부터 우선 의지 할 곳을 찾아봐야 할 것 같은데... 해서 70대 늙으막에 말동무 애인을 하나 만들어 보려니 신체적으로 각 기능이 고장이 나 그것도 잘 안될 것 같습니다. 한번 시도는 해보았는데 대학 졸업한 그 할머니는 개뿔도 없으면서 몸과 마음이 쭈그러진 상대는 자존심은 억수로 세고 강하기만 하였습니다. 육체적 사랑(Eros love)보다 뭐 정신적 사랑이 어떻다나(platonic love)? 쭈글쭈글 인생살이 관절통에 개뿔 같은 소리입니다.

그래서 귀찮아 여자 할마이 한데 신경 쓰기 싫어 더 이상 만나지 않습니다. 마음 한군데 의지 할 곳을 찾을 좋은 방법이 없을까요? 제가 요즘 노인 사춘기에 든 것일까요?

서울대학교 병원

　우선 제목을 서울대학교라고 적어보았습니다. 왜냐면 저의 나이가 71살입니다. 저는 시골 출신이라 과거 시골 xxx 고등학교의 전교생 중에 서울대학교에 입학원서를 제출한다는 것은 굉장히 힘들었습니다. 저희들의 10대 시절 서울대는커녕 다른 대학교도 엄청 선망의 대상이었습니다.

　특히나 3년~5년에 한 번씩 과에 관계없이 서울대학교에 합격만 해도 읍, 면 등에서 지방 기관장들이 "축! 서울대 합격!"이란 플래카드를 대로변에 붙여두고는 사물놀이 패와 함께 그 시골집 주위를 돌며 축제를 즐기곤 했습니다. 지방유지 분들이 합격자의 집으로 몰려와서는 "우리 고장에 인물이 한 명 나왔다."고 징소리와 꽹과리, 나팔소리를 울리며 온 동네방네 떠들곤 했던 그 여운이 지금도 생생합니다. 즉 그만큼 서울대학교에 입학한다는 것이 어려웠습니다. 한데 저는 이번에 감히 서울대학교를 그것도 의과대학을 졸업한 교수이면서 박사님을 우연찮게 저의 할망구 때문에 만나게 됩니다. 그렇게 여기 '삶의 방'에 글을 써 내려가는 사연이 하나 생겼습니다.

때는 4월 10일, 우리 할망구가 연세대 세브란스 병원에서 심장조영술 시술을 받게 되었습니다. 왼 손목을 찔러 왼쪽 심장으로 철사 줄을 집어놓고 심장에 핏줄이 꼬인 것을 바로하거나 아니면 스탠드 시술을 하게 되는데 저의 집 할망구는 핏줄 3가닥이 막히고 터져 당장 심장 수술을 하지 않으면 사망에 이룰 수 있다는 상황으로 바뀌고 말았습니다. 급박한 상황에 보호자로서 심히 걱정이 이만저만이 아니었습니다.

그런데 병원에서는 담당 전문의가 미국에 가 다음 주인 대략 3일 후에야 온다는 겁니다. 그러나 지금 급하게 수술을 해야 하는데 환자가 심장 핏줄이 터진 상태에서 며칠 동안 있으면 사망에 이를 수 있을 정도로 위험하니 서울대학병원, 아산병원, 삼성병원 쪽으로 급히 올라가라는 것입니다. 이런 낭패가 있습니까? 할망구는 당장 죽을 판인데 전문의가 없다니…

그러나 제가 어쩌겠습니까. 환자를 한 시간이라도 빨리 수술하려면 세브란스병원을 빨리 나가 다른 병원으로 갈 수 밖에요. 저는 또 순간적으로 화도 치밀었지만 우선 할망구를 위하여 수습이 먼저이기에 꾹 참고는 "이 병원에서는 꿔멜 기술이 없어 서울로 보냅니다!"라고 의사의 눈을 쏘아 보았습니다. 제 말이 어이가 없고 기가 차는지 의사는 "네네 아저씨, 저의 기술로는 꿔멜 자신이 없다고 영어로 써놨으니 소견서와 디스캣을 가지고 가셔요!" 라고 말하고는 간호사에게 이것저것 지시하고는 가버립니다.

또한 병원에서는 '응급차로 운송도중에 환자가 죽어도 연세대학에서 책임지지 않는다.'는 각서까지 요구해 성질은 당장 뒤엎고 싶지만 할망구가 급한지라 할 수 없이 싸인 하고 거금 30만원을 들여 사설 129를 불러 서울대학교로 긴급 이송하였습니다. 의뢰서 및 디스캣 1장 그 외 환자 검진 내역서를 들고 사이렌소리와 함께 서울대학병원에 도착하여 절차를 밟고 심장수술을 받는데 환자의 왼쪽 다리에 있는 심줄 혈관을 뽑아서 심장을 개복 후 이식을 시키는 대수술이었습니다.

여기서 저는 60대 중반의 서울대 외과의사와의 대화 한 토막을 기억을 더듬어 써봅니다. 제가 의사한데 물어 보지도 않았는데, 의사가 먼저 말을 해왔습니다.

"저는 심장수술 전문의로서 세계 6위에 있는 ○○○라고 합니다. 향후 5일~후에 퇴원해도 되니 보호자로서 걱정 마시고 나중에 모시고 가시면 됩니다."

그 의사는 제 질문이나 궁금증은 아랑곳없이 횡하니 돌아서 버립니다. 저는 순간 멍청한 보호자로서 할 말을 잊어버리고 입속에서 '저, 저, 그럼... 안 아프게 부탁합니데이~'라는 말이라도 하고픈데 전문의는 벌써 다른 환자 회진하기 바쁩니다. 다른 지방에서도 환자가 많이 올라온 듯 분주한 뒷모습만 보아야만 했습니다. 그런데 그 의사가 나가고 나서 가만 생각해보니 세계 6위라는 물어보지도 않은 그 한마디는 환자 및 보호자에게 크나큰 위안이었습니다. 그 세계 6위라는 것이 안 보아도, 안 겪어

보아도 웬지 모를 신뢰감으로 작용한 듯 하였습니다. 황망함이 사라지자 세브란스에서 서울대학병원으로 오길 참 잘했다는 생각이 들었습니다. 이러한 생각은 할망구가 수술을 받고 퇴원을 하고 또 그 이후에 지금까지도 안도감으로 남아 잇습니다.

그리고 저는 그 당시 수술이 끝나고도 할망구를 서울 아들집과 딸네 집에 요양 차 보내놓고 충북 시골로 내려 왔습니다. 혼자 내려와서인지 서울 할망구 생각이 더 났습니다. 그러면서 아예 서울대학교 병원의 전문의가 한 말 '세계 6위'가 떠 올랐고, 역시 서울대학교야! 라는 막연한 동경과 안도감이 밀려왔습니다.

'서울대학교'라는 상상에 그 옛날 10대 시절, 우리 마을에 징소리, 꽹꽈리 소리 재차 들리는 듯 저는 옅은 미소와 함께 살아난 할망구가 숨을 쉬고 있는 생각에 마음이 푸근했습니다. 우리네 삶속에 여울져 오는 그때 그 시절 서울대학교는 입학은커녕 선망의 학교였는데 71살에 쭈그러진 눈주름을 꺼벙이며 회상에 젖어 봅니다. 한사람 생명을 살려내는 한국의 의료 기술이 세계 수준임을 느끼면서 휴가차 잠시 서울에 왔다가 유능한 기술 때문에 미국, 일본, 영국 등 전 세계적으로 불려 다니신다는 그 의사(박사)님께 이 자리를 빌어 고마움을 전합니다.

근데, 그 옛날 만약 제가 서울대학교에 입학을 하였다면 그 의사의 자리에 제가 있지는 않았을까요? 아니, 그러고 보니 전 이과보다는 문과를 지망했을 것 같군요. 아무튼 우리 할망구를 낮게 해준 서울대학교 모든 의료진에 감사를 드리는 바입니다.

부모와 자식 간에 비어 있는 공간

　부모와 자식 간에 비어 있는 공간, 자신의 일생 절반은 부모 밑에서 희생하고 또 다른 절반은 자식 밑에서 희생한다는 말이 있습니다. 아들이건 딸이건 부모와 자식 간에 잔잔한 삶의 체험부터 걱정거리까지 부모가 죽을 때까지 함께 생각하고 보듬고 가야 하는 것이 인지상정人之常情이지요. 그런데 간혹 부모나 자식이나 생각의 차이 때문에 삶의 갈등이 생긴답니다. 특히 돈 문제라던가 즉 경제적인 문제가 대두되면 부모로서도 그냥 지나칠 수가 없는 것이 현 사회 실정상 약간의 갈등이 생깁니다.

　돈을 많이 줄 수도 없는 실정이고 약간 돈이 있다면 작은 것밖에 인정 안하니 자식으로서는 늘 불만인 거죠. 이 갈등의 고리를 부모와 자식 간에 참아 가면서 지내자니 약간 저는 며느리와 아들딸들에게 미안하기도 하답니다.

　(예문 하나)

　요번 꺼구로 저네들 엄마 서울대학교 심장 수술 후 제가 아들

딸들에게 "너희들 엄마 젖 빨아먹은 젖 값을 내어라!" 한마디 했는 것이 가정사 화두로 아버지가 자식들 입장을 알아보시지도 않고 일방적으로 말씀하신다는 것입니다.(간병비는 째끔 애들이 의논하여 나누어서 냅니다. 그 외 전체 금액은 제가 조치함.)

　결론: 제 입장에서는 저네들 엄마 젖 값을 옳게 받지도 못하고 결국 구두쇠 아버지로 둔갑되어 할망구 한데 궁둥이만 꼬집혀 멍 자욱만 여기 저기 남았습니다. 햐~! 어디에 가서 누구에게 말이라도 속 시원히 해야 할 것 같아서리....!

6·70대 노후 생활 중 대화를 시작해보면

　여하튼 6.70대 노후 생활을 하다보면 하루 일과를 시작하여 무엇이든지 Life Work로써 걷기운동을 하는 방법으로 조금씩 조금씩 매일 꾸준히 생활해 나가는 것이 물질적이든 정신적이든 필요 할 것 같아 똑같은 할배, 할매들 성격, 취미, 건강 등등 함께 할 벗을 막상 만나보면 살짝 신경쓰이 듯 약간 힘이 듭니다. 시간적으로 레벨적으로 남녀 간에 성격, 경제적, 건강 등등 짝 맞추듯이 왜 이렇게 마음 하나 맞추기가 힘이 드는지 째끔 노력해보다가 포기해버립니다.

　예) 컴퓨터 공부, 서예, 독서, 골프, 낚시, 등산, 시문학, 인문학, 음악 기타 등등. 무엇이던 머리를 쓰는 일을 꾸준히 취미로 계속 하는 것이 노화방지에도 크나큰 도움이 되는 줄 아는데 바로 옆에 있는 분과 외형적으로 교양미가 철철 넘칠 것 같아 조금 대화를 해보면 영~! 똥딴지같은 열변에 같이 과거로 돌아가서 몇 며칠 맞장구치기가 매우 힘이 듭니다.

많이 배웠다고 좋은 대학 생활 과거 잘 나가던 여성편력도, 돈벌이 사장 생활상 등등 듣기 싫습니다. 그런 의미에서 경제적으로 안정된 6,70대 늙은이로서 지적인 생활을 하시며 몸과 머리를 꾸준히 써가며 앞을 내다보면서 지금 당장 나이와 자기 집안 환경 속에서 자유와 약간의 경제적 삶의 돈이 필요하고 지병이 있으면 서로 위로하고 할 정도 쯤 딱 좋은데 전화 통화후 그저 만나면 과거로 돌아가니 이 행동도 대략 5년 이내면 좋은데 씨잘대기 없는 10대~50대 과거로 돌아가니 제가 머리가 돌아버릴 것 같아 자리를 뜹니다. 어느 정도 들어주는 것을 인내로 참는데 대략 자기 자랑거리를 듣다 보면 한나절 지나고 다음번까지 괜스레 짜증이 나서리 꼴 보기가 싫어 안 만납니다. 특히 지금 6,70대는 자기를 들여다보는 마음의 눈과 남아있는 짜뚜리 인생살이를 위해 제3의 정신과 육체 즉, 이젠 인생살이가 얼마 안 남았기 때문에 남은 미래를 위해 이렇게 재미있는 세계로 자신을 뒤돌아보면서 준비하기 위한 내면의 눈도 꼭 가졌으면 합니다. 내 이웃에 새 친구 가 만나자 하기에 거절 할 수는 없고 남녀 구분 없이 오늘도 듣기 싫은 저 노을의 울음소리를 들으려 고추밭에 생 고추와 머구잎, 오이, 옥수수 몇 개를 움켜쥐고 돌담길 돌아서 합죽한 친구지만 "틀이" 보다 자기관리를 할 줄 아는 친구로서 수수한 자연적인 모습 보러... 야한 빨간 립스틱 바른 입술과 살짝 덧칠한 눈썹꼬리 뽀샤시 한 얼굴에 분 바르고 동동구리모라도 바른 얼굴에 은은한 향기가 퍼지는 미소였으면 기대하면서...

휴대폰으로 〈부고장〉 받고 보니

저는 71살 먹었습니다. 무슨 자랑거리도 아닙니다. 왜 서두에 이 말을 하느냐 하면 어제 xxx사조직에서 장례예식장 xxx호, 발인:xx일 오전:xx시, 삼가 고인의 명복을 빕니다.

70대, 80대, 90대 이상이 손 폰에 적혀오면 그나마 아~하 그 어르신 하늘나라에 가셨구나 하고서 70살을 넘겼으니 좀 덜 아쉬운 듯 한 마음으로 자리매김을 하고 여기저기 선후배님들과 평소에 잘 알고 지냈던 분들 안부 등등 물으면서 그동안 살아온 삶의 이정표를 엮어갑니다. 그리고 미소와 함께 음식을 먹으면서 다음은 우리 차례구나 하고서 자칭 위로의 농담 섞인 사회 통념상 정담을 나눕니다.

그런데 70살도 아닌 사람들의 부고장을 받으면 왠지 우울하고 슬프고 말없이 눈가에 이슬이 맺히고 가슴속으로 눈물이 흐릅니다. 그리고 몇 며칠 동안 착찹하면서 하루 일과 속에 후배의 죽기 전 행동과 아쉬움에 저는 표정이 매우 착찹합니다. 어느 한 여인을 사랑할 때보다도 더 가슴이 매여오고 답답합니다. 학연, 지연, 과거로 돌아가서 죽은 그 사람 한데 못다 한 정 너무나 가슴 아픕니다. 특히나 우리 세대에 공부를 더 하고 싶어도 가난하여 못해본 시절에 이 후배는 중학교 야간 졸, 고등학교 야간 졸, 대학교 졸, 대학원 수료 후에 문학박사 외국어 능통 자격 취득 후에 타 대학에 교수 임용되어 인제 좀 존경받는 모습으로 삶을 영위할만할 때쯤(67세) 부고장을 받았습니다.

진정 60년대, 70년대, 80년대에 사회는 누구 할 것 없이 모두 어렵게 고생고생 생활했기에 더더욱 저는 가슴앓이를 합니다. 낮에는 일하고 밤늦도록 공부 한 후에 문학박사, 시간강사, 조교수, 교수 필요 없습니다. 마누라, 자식들 손주 놔두고 아~아! 빈손으로 하늘나라로~~

평소에 망자는 가을이 오면 이렇게 詩를 쓰곤 했습니다.

단풍나무

/ 망자 글

이제 돌아갈 때가 되었다는 듯
허물을 벗어 놓겠다는 듯

진안 마이산 탑사의
경내에 들어와 서 있는 단풍나무

바람 지나간 뒤
제 가지 흔들어 잎을 지워버린다.
세상에서 빌린 옷 한 벌
그간 잘 입었다는 듯

먼 하늘에 절을 하며
아무 미련 없이
땅바닥에 내려놓는다.

돈 빌리려 다니는 시골 이웃

30억 가량 재산 보유한 이웃집 형님께옵서 아우야~! 자네 지금 돈 3만원만 좀 빌려줘~!

아니 형님. 지갑에 돈 없소~! 그러면 읍네 가서 농협에 차로 갔다 오슈. 저도 지갑에 잔돈 밖에 없습니다. 하루가 가고 이틀이 가고 돈 빌리려는 모습을 잊어버릴 만 할 때쯤 노인정에서 또 다른 형님께옵서

이봐 아우야~!

네, 형님.

자네, 지금 지갑에 딱 5만 원만 빌려주어 여기 노인정이야~!

저, 지금 돈 없습니다.

제가 살고 있는 곳은 시골입니다. 마을 호수가 대략 30호 남짓 삽니다. 주생산품목은 수박, 고추, 마늘, 감자, 고구마, 양파, 나물종류 하우스 재배 농가입니다. 기타 소, 돼지, 염소, 축산업

도 하고 삽니다. 농번기 때 한참 바쁠 때는 하루 일과가 농협에 가서 허리에 전대(돈 가방) 하루 100만원~500만원씩 차고 일몰 후에 품삯 값으로 지불하는 모습이 자주 보일 때면 정말 시골이라도 돈 만지는 맛이 보입니다. 익히 이 모습을 본 귀촌자로서 저는 그 형님 내외는 늘 집에 돈방석 위에서 생활하시는 줄 알았습니다.

한데 촘촘히 가까이 생활하다 보면 실생활은 정반대입니다. 한철 가을 수확 이후 반짝 겨울철 되면 야간도주하는 이웃들이 생기고 농약을 마셔버린 딱한 가사 사정[삶과 죽음으로 왕래]들이 이 집 저집 눈시울을 적십니다. 해서 저는 초현실주의로 "형님 임야(산) 이젠 좀 파셔요. 밭도 파시고 논도 조금 파시고, 그리고 병원에 형수님 진료도 받아보시죠! 요즘 형님과 형수님 영 얼굴이 환자 모습입니다." 하니 들은 체 만 체 합니다, 한 해가 가고 두 해가 가고 결국 형수님이 먼저 하늘나라에 가시고 그 형님은 독거노인이 되어 이집 저집 기웃거리다가 노인정에 배 깔고 누워 막걸리 한 사발 얻어먹고 노래방 기기에 '울고 넘는 박달재'와 '나그네 설음' 제창 노래가사와 함께 잠이 듭니다.

그 많은 토지 임야 손가락 까딱 않고 10원짜리 방바닥 에 구경할 돈 없이 삶을 지속하다가 요 며칠 전에 간경화로 간암으로 사망 할 때까지 30억 추정 돈은 만져보지도 못하셨고 그 자식들은 시골 촌부의 애틋한 삶을 이해 못하고 이웃에 쫓아다니면서 서로서로 부모님 모셨다고 여기 사인이나 도장 좀 찍어달라고 왔기에 저는 말없이 울었습니다. 그 재산보다도 매번 농산물 1등

급 제일 좋은 것은 큰아들부터~막내 자식까지 택배로 붙여주시
던 형님 내외분 모습이 거칠어진 손등과 주름진 얼굴이 아른 거
리고 다 썩어가는 작물 먹기조차 힘든 쓰레기 같은 것은 상추,
배추를 형님 내외분이 잡수시던 모습이 떠올라 저의 손 폰에 찍
혀 있는 저네(아이들)들 택배붙이고 사진 찍어두었던 것을 보여주
니 아저씨 하면서 대청마루 기둥 붙들고 울고 있었습니다.

이웃 형님 돌아가시고 뒷동산에 매장 후 침물 묻혀서 몽땅 연
필로 쓴 詩 1편 올려봅니다 ―

호상 好喪

농부가 늙고 병들면
손때 묻은 연장들도 이빨이 빠지고
때맞추어 생년월일 짝수 연도에
신체검사 통보받을 때
굵고 오라는 보건소 엽서 1통이
문풍지에 말라붙어
여러 해 통보해도 외면하니

큰기침 소리는 해수병으로
수십 년 가난과 슬픔 들은

담뱃대 두 다리로 곱게 뻗어
잘 살고 못 살고 끝없이 숨을 쉬는 동안

인고의 삶터는
자연이 준 천성 하나
내 심성 굳은 살은 오그라든다

밤마다 머리맡에 신주처럼
모신 요강단지 뚜껑 소리
한세월 회한에 젖어버린
사랑도 애련하지만

한동안 대청마루에 잠자고 있던
퇴색된 밀짚모자 속에
그동안 방바닥에 떨어진
눈물 자국이 숨어들었다가
스멀스멀 기어 나와 툇마루 기둥에
생선 묶어두었던 새끼줄에 비린내를 핥다 먹고
소 여물통 끌고 다녀야 할 후계자 없는 삶
이젠 할 이도 없고 나눌 이도 없다며
졸음에 취한 듯 뿌연 눈까풀로
마을 둘레길 왔다가 갔다가 하지만

상여喪輿 질 할 사람은
노인정에 병든 노인들밖에 없는데

뒷동산 중턱에 포크레인으로

구덩이 파놓은 곳에
사박사박 밟히는 흙이
나를 보고 호상好喪이라 부르네

마운틴 오르가즘mountain orgasm

　산행을 하다 보면 정상에 올랐다던지 야호~! 소리를 낼 때쯤 뭔가 머리가 시원하고 팔, 다리, 목 즉 모든 기능에서 쌔아~ 하고 느낌이 오는듯한 것이 있습니다. 이것을 등산이나 적당한 산행을 하시는 분은 한 번씩 경험을 했으리라 생각됩니다. 이런 쾌감을 흔히 마운틴 오르가즘mountain orgasm이라고 말하네요!. 즉 섹슈얼 오르가즘만 있는 것이 아니고 산과 인간이 하나가 되었을 때 느끼는 쾌감을 표현하는 용어로 산과 인간이 하나가 되었을 때 오는 기쁨, 여기서 필자는 한걸음 더 나아가서 하루 일과 중에 몸살감기 팔다리가 쑤시고 낙樂이 없는 인생살이 중 생물학적 연명 일 뿐인데 등산 산행 이러한 마력을 마운틴 오르가즘이라고 명명하니 죄송합니다만 지금 제가 죽기 전까지 마지막 발악을 해봅니다.

　헌데 머리, 팔, 다리가 저번 뇌출혈(장애)로 각기 기능이 각각 말을 잘 듣지 않습니다. 해서, 요즘 컴퓨터로 삶의 낙樂이 있다면 정신적 오르가즘이 아닌가, 생각은 드는데 시원한 그런 맛은 별로 없습니다. 해서 평소에 건강하신 분들 씩씩하게 걸으면서 그 옛날 러브호텔만큼 오르가즘은 못 하더라도 마운틴 오르가즘이라도 느껴 보려고 합니다. 무엇보다 숲 속에서 나오는 맑은 공기와 물 그리고 저기 암반욕은 따뜻한 바위(돌)에서 다량으로 방사되는 원적외선과 음이온으로 저와 같은 할배 할매 나이에 슬픈 정情이 째끔 남아 그 쾌감을 아신다면 그것은 분명 마운틴 오르가즘이 아닌가 싶습니다. 우짜던지 마운틴 오르가즘을 느껴 보려고 병신 꼴깝을 뜁니다.

남들이 보면 지팡이를 쥐고 땅을 짚으면서 가까운 산보부터 한 걸음 한 걸음 걷는 느림보지만 머리통 흔들면서 팔은 팔대로 다리는 다리대로 궁둥이는 궁둥이대로 지 멋대로 장애자 환자처럼 육중한 몸뚱이를 이끌고 목표 설정 후 산행하기로 마음먹고 진땀을 흘리면서 한 걸음씩 질질 끌며 아침마다 지팡이 귀밑에 하얀 손 잡아줄 자연 찾아 두루미걸음, 가재 옆 걸음으로 전쟁을 매일 기상 후 실천 하고 있습니다.

지금 껏 살아온 생生을 관조觀照하며

　제가 보고 듣고 경험 한대로라면 저의 삶에 대한 가치관이 변화되고 있으며, 이제 부모와 자식 간 혹은 각방 생활의 별거는 사회 보편 현상이 되었다고 느껴집니다.

　특히 저는 삶에 대한 가치관의 변화 중에 부모와 자식 간의 별거생활은 지금 오래된 생활이 되었습니다. 자식들에게는 그 옛날 저 같은 삶을 살게 하지 않으려고 먹을 것 안 먹고 아파도 참아가며 그 흔한 비타민 영양제도 한 알 사 먹지 않고 살았습니다. 공직생활, 사기업체 생활, 어렵게 배를 움켜쥐고 남한데 돈 빌리려 다니지 않고 자식들을 편하게 어려움 없이 키워 아들 딸 대학 공부시켜서 출가시키고 손자 손녀들에게도 아낌없이 해주었더니 남는 건 허무함뿐입니다. 한없이 이것저것 해주기만 바라고 고마워할 줄 모르는 이놈의 자식들을 바라보는 영감 할마이의 마음은 쓸쓸하고 서글퍼집니다. 내가 씨앗 뿌려 만든 덫에 내가 걸렸습니다. 부모로서 대가를 바라고 한 건 아니지만 이놈의 자식들이 조금이라도 감사하는 마음을 가져준다면 그 동안 고생하며 살았던 우리들의 지난날들이 서럽지 않을 텐데, 이놈들은 너무도 당연하게 생각하고 있습니다. 칠십이 넘어오는 이즈음에 뼈아픈 반성을 합니다.

요즘 저는 혼자 남아 단독세대 생활의 편안함과 외로움을 동시에 겪으면서 생활하고 있습니다. 자식들이건 할마이건 별거 생활 속에 나타나는 외로움, 우울증 그 원인이 되기도 하지만 또 한편 사회활동 욕구 요인으로 자본주의의 지참금 돈만 있으면 해결된다는 것 생각으로 생활합니다. 최초엔 자식 한데 남은 인생을 의지 했던 과거와는 달리 국가연금 기타 공직 연금 사기업체 연금 등등의 노후대비 등으로 혼자 독립적 생활유지가 가능합니다. 기타 좀 부족하면 굶고 참습니다. 빌리려고 여기저기 애태우지 않습니다.

지금 나이에 사업귀유 싫습니다. 특히나 학교 동창들, 친구들 그리고 이웃들 특히 이성에 따르는 여자 문제 교재 만남은 일절 처음부터 생각조차 하지 않습니다.(사유: 나이 들어서는 특히/득 보다 실이 많았습니다.) 늙어가는 나이 자빠지기 전 삶을 일으켜 세운다는 위대한 진실을 일깨우며, 저는 이 나이에 남한데 정신적 물질적 피해를 가식적으로 정情 주면서 살고 싶지 않습니다. 그러나 뭘 위해 거창하게 이 나이에 어떻게 살려고 하는지는 저 자신도 잘 모릅니다. 그냥 삽니다, 다만 지금 껏 살아온 생을 관조하고 삶을 조금이나마 늙어 가는데 맞추어서 저 자신의 분수分數 것, 삶을 향해 도움이 되는 계기... 그 외 남한데 이기적이고 추한 모습

티끌 만큼도 보이지 않게 살다 갈려고 합니다. 해서 답답해서
리.. 여기 평소에 저의 삶 속에 회한이 서려있던 것을 詩 1편 만
들어 ○○○ 삶방 벗님들께 음악과 함께 올려봅니다.

*관조(觀照): 영원히 변하지 않는 진리를 비추어 본다는 뜻

억새

우리가 산다는 건
태어난 빚 갚기 위한 걸까

하늘에
마음을 메달아, 놓고
실컷 울려고 했다

세월을 불러놓고 보니
내 머릿결은
허연 백발로 나부끼고

침전된 뭇 아픔들이
할퀴고 간 주름살에
서녘이 찾아들 때쯤

스치는 바람마저
보이지 않는 길 부딪혀
가슴 저리도록 서러운가

서늘한 허공
끌어안고 말라버린 눈물샘
기억마저 거두어간다

초혼 招魂

　어쩌다가 시골 마을 지나다보면 요즘 매우 보기 힘든 모습입니다만 마을 어귀의 느티나무처럼 마을에 모여서 초혼을 하는 것을 보고 詩가 생각이 나서 이렇게 끄적거려 봅니다.

　별도 소개를 안 해도 한국 문단의 거장 김소월 시인, 잘 아시는 터라 생략하옵고 한 말씀 올리면 하늘과 가장 가까운 곳이 바로 지붕인 고로 그 지붕으로 올라가는 예비 상주의 손에 붙들린 옷은 망자의 숨결이 마지막까지 붙어있던 속옷이 당연하다면서, 윗 속옷의 깃은 망자의 영혼이고 허리는 몸체이며, 이름은 영혼이 깃든 것이기에 호명한답니다. 세 번의 외침은 김소월의 '초혼'이라는 시에도 담겨 있습니다.

　저녁이 다가올 무렵 이웃집의 지붕에 한 어르신이 올라가 있는 것을 보았습니다. 지붕을 올라가는 일은 흔치 않은 일인 데다 그것도 손에 하얀 옷을 들고 올라가서 누군가의 이름을 부르는 것이었습니다. 심상치 않은 모습에서 일종의 두려움이나 공포감 같은 것이 엄습 했습니다.

　*혹: 할아버지, 할머니, 아버지, 어머니, 남편, 처, 자식들 그 외 이웃들 위해 초혼에 대하여 글짓기 한 번씩 하시어 다가오는 추석에는 차례 상에 직접 낭송(독)을 해 보여 드리는 것도 재미가 있을 것입니다. 명절에 맹숭맹숭 그냥 깊어가는 차례 상에 우두커니 서 있기보다는 예) 할아버지, 할머니, 아버지, 어머니, 여보, XX야, 보고 싶어요! 이렇게 한마디 해 보시는 것도 고인을 위해서도 본인을 위해서도 살아계실 때 주고 받은 정 이라 느껴집니다.

　첨언:(작성하신 글: 외우시면 낭송, 그냥 읽으시면 낭독 입니다.) 시인이 별개 아닙니다. 이번에 차례상 재주에게 미리(당일) 알리시고 한번 해보시죠^^

　*작성글/예문 : 차례상에 왜 당신 사진을 올려야하는지? 아직도 내 가슴은 거부하고 있는데 확실한건 당신이 안 계시다는 것. 너무나 쓸쓸한 명절이어서 당신이 더욱 그립고 보고 싶어요.(이 글 비슷하게 외우셔요, 아니면 보고 읽어셔요)

고종명考終命, 내 고향 귀뚜라미야

'고종명考終命: 사람이 제 명대로 살다가 편안히 죽음'이라고 사전적 의미가 부여되어 있다. 제 집에서 명대로 살다가 가족들 앞에서 임종하는 게 고종명考終命 그게 오복의 하나다. 2014년을 기준할 때, 26만여 명이 사망했으며 그중 73%가 병원의 중환자실에서 각종 모니터와 의료기기, 튜브, 주사바늘들을 꽂은 채 사랑하는 가족들과 인사도 나누지 못한 채 세상을 떠났다고 한다,

2018년도는 더 많을 것 같다. 아버님, 어머님을 장기간 병원에 입원시켜 놓고 매일 찾아뵙다가 3일에 한 번씩 가다가 1주일씩 가다가 1개월마다 날 무렵 갑자기 병원에서 긴급하게 연락이 오면 어느 자식은 임종을 보고 때론 가까운 자식도 임종을 못 보고 이별을 한다. 그러다 보니 어쩐 자식은 살아생전 얼굴 한 번도 못 보고 저세상으로 가신다.

그렇다면 좀 부모 입장과 자식 입장은 매우 섭섭하고 평소에 살아계실 때 생각해보면 너무나 서운 하다, 우리가 삶을 살아가

면서 삶을 마감할 때 그 가족들이 보는 앞에서 생을 마감 하는 모습이 좀 낫지 않을까, 그래야 행여나 당신에게 이별이 찾아와도 당신과의 만남을 잊지 않고 기억해 줄 테니까요. 저는 요즘 소중히 여겨지는 느낌이 듭니다,

내 고향 귀뚜라미야

어찌 이리도 꼼짝 않고
청승스럽게 울까
가만히 귀 기울이면
앞산 뒷산 다 운다

너희 엄마 돌아가신지
얼마나 되었는데

그리도 슬피 우니
달 밝은 밤 초가지붕 적시고
곶감 매달은 지푸라기
젖어오도록 울래

해마다 툇마루 대청마루가
들썩 거릴 정도로 울어도
엄마는 안돌아 오신단다

마루 밑에 멍멍이도
슬픔 하나 끌어안고
귓속 파헤치는 울음
뚝 그치라며
귀를 탈탈 턴다

인성교육人性教育

＊ 사전적 의미: 마음의 바탕이나 사람의 됨됨
  이 등의 성품을 함양시키기 위한 교육.

　어린아이 때부터~성년이 될 때까지 아니면 죽을 때까지 가정에서나 학교에서나, 사회생활 속에서 오늘은 학교는 제외하고 가정에서만 지금 50대, 60대~70대는 집안에서 어릴 적에 비슷한 경험은 없었는지요!

　예문) 하나: 누나 치마를 들쳐보다 엄마, 아버지한데 형님, 누님한테 새가 빠지도록 두들겨 맞고 나서도 흔히들 3차례 더 맞아야 했던 저로서는 씩씩 거리면서 참았고, 분하고, 맞은 것이 분하여 그 분을 참지 못해 사고를 쳐보기도 했습니다. 심지어 이웃 간 형님들에게 뒤지게 두들겨 맞고도 쌍코피가 터져 가면서 이기지도 못하면서도 복수심에 뒷간 통시(변소)에서 똥물을 퍼다가 가만히 잠자는 형님들 방에 퍼붓고는 줄행랑을 치기도 하면서 뒤지게 맞고서야 그 위계질서 속에 배고픔을 참아야 했고 눈물을 꾸역꾸역 삼키면서 인내를 배우고 그 다음 부터는 절대로 동네 누나 치마를 들쳐보지 안 했습니다.

아침부터 나 자신과의 싸움 속에서 부글부글 끓는 애간장은 옳은 일과 나쁜 일을 자기 자신이 판단하여 동생으로써 이웃 간에는 정의, 신념, 의리, 투쟁, 저항, 존경 등등 저는 집에서 볼 땐 형으로써 오빠로서 범죄적 행동을 안 해야한다는 사실을 배우면서 성장하다가 그 다음 2단계 군대를 가면 영창(감방살이)도 며칠 가보고. 아하~! 또한 그 조직 속에서 생명을 담보로 전우애戰友愛를 알면서 인성교육을 배우고 재대 후 돈이 많든 적든 취직을 하면 3단계 사회성 배우면서 결혼이란 관문에서 남의 집안의 처녀를 데리고 왔으니 그 삶 속에서 책임, 성실, 믿음, 사랑이란 인성교육이 죽을 때까지 같이 갑니다.

제가 지금 나이에 인성이란 이 단어를 명절을 앞두고 이야기를 하냐면 추석에 각 처에서 고향을 찾아오는데 요즘은 그런 인성으로 인한 정감이 점점 사라지고 있다고 느꼈기 때문에 여기에 끄적여 봅니다.

꾸러기의 일생

형님 고구마 훔쳐 먹고
누나 치마 들춰보며
엄마하고 싸우던 꾸러기

쥐어 박힐 때마다
마구간 황소 눈 속에 숨어
식식거리며 글썽글썽

지가 아버지라고
지가 엄마라고
지가 형님이라고
지가 누부야라고

꾸러기 못된 등쌀에
누나는 눈물만 훔쳐 먹고
형님은 콧물 달고 혹이 불룩

꾸러기는 15층 새장 속에서
그날들을 되새김할 세월이 아쉬워
저 노을 바라보며
그리움을 눌러본다.